François Bougeault

AF142822

Le Suppléant

Polar

Les Editions de la Montagne Bleue

A Véro, pour ses bons conseils…

Dernière mouture 2019

Chapitre 1

-Bon sang, comme le temps change !

Le mois d'octobre arrivait et Jean-Ro ne se décidait pas à balancer ses espadrilles au placard. C'était pareil tous les ans : La soupe à la grisaille s'installait quand on voudrait souffler un peu, se remettre du cagnard de trois mois d'été. Jean-Ro était descendu dans le sud pour trouver le soleil. La première année, il avait tenu jusqu'au mois de janvier avant d'allumer les convecteurs. Il habitait une petite maison de lotissement longeant les vignes et avait fini par admettre les rigueurs du climat dont se plaignaient tant les paysans du coin. Des vieillards malveillants trainaient régulièrement la jambe jusqu'au bout de l'impasse et se plantaient devant son portail en ressassant leurs vielles rengaines :

- Dans le temps, on avait de vrais hivers. On ne connaissait pas de telles sécheresses. L'eau coulait encore dans les ruisseaux. On vendangeait le blanc à la mi-septembre. Avant qu'ils aménagent le lotissement, le chemin du Conquet descendait jusqu'aux vignes. C'est là que Marcel a cabré son tracteur. C'était un bon gars qui travaillait pour sa mère à son retour d'Algérie. Vous n'avez pas connu la guerre avec les fellagas ! Sa médaille, on lui a donnée à titre posthume. Parce qu'il a fini sa course sous le McCormick juste derrière votre maison. C'est pour ça que la vieille a vendu son terrain aux promoteurs.

Bonjour l'ambiance ! Au début, Jean-Ro ne connaissait personne dans le coin. Il faisait ses courses à Béziers et, en bon parisien, ignorait ses voisins. Des jeunes ménages avec des gosses qui partaient au boulot tôt le matin et des retraités qui l'épiaient à travers leurs persiennes. Bon, tant qu'ils ne se mêlaient pas de ses affaires... Il s'en foutait royalement. Il n'allait tout de même pas baisser les volets roulants tous les soirs. Sa propriétaire avait fait construire cette villa ouverte aux quatre vents pour terminer sa retraite. Mais elle ne s'était jamais décidée à quitter la bicoque de sa grand-mère coincée dans une ruelle étroite du vieux Corneilhan. Elle expliqua à Jean-Ro qu'elle s'y sentait plus à l'abri. A l'abri des fantômes, d'après les mauvaises langues ! Quand il apprit les dessous de l'affaire, Jean-Ro rit jaune de cette petite comédie.

Fabrice, un vieux copain qui avait passé son enfance au village et n'aurait voulu pour rien au monde y retourner, lui avait refilé ce tuyau :

- Alors là mon pote, si tu cherches un coin tranquille…

Jean-Ro avait rencontré Fabrice dans sa jeunesse, au pied de la fontaine Saint Michel. Ce couillon bécotait une jolie rousse et il cherchait une piaule pour la mettre au lit. Jean-Ro, plein de concupiscence, les avait hébergés dans son petit deux-pièces. C'était de jeunes provinciaux fraichement débarqués à la capitale pour faire fortune. Fabrice impressionnait Jean-Ro par son aplomb et son sens de la répartie. Il rayonnait d'un bonheur insouciant, arborant sans complexe sa crinière blonde et son accent méditerranéen, quand Jean-Ro cachait une timidité maladive sous de faux airs affranchis.

Vingt ans étaient passés sur cette époque révolue. Cheveux longs, bandanas et pattes d'eph n'étaient plus à la mode et ils ne s'étaient pratiquement jamais revus. Mais l'autre soir, Jean-Ro reçut un coup de fil de la copine de Fabrice. Pas la jolie rousse. Il avait certainement changé plusieurs fois depuis. Fabrice ne donnait plus signe de vie et elle demandait à Jean-Ro de le retrouver. Elle était vraiment inquiète. Elle avait même signalé sa disparition au commissariat de Béziers et ne voulait plus y mettre les pieds. Jean-Ro lui promit d'aller aux nouvelles après le boulot. Pas évident de dérider ces messieurs pour savoir où en étaient leurs recherches. Au bout d'une heure, le commissaire Paulin finit par le recevoir. Il lui tira surtout les vers du nez à propos de leur relation mais lui apprit quand même que les parents de Fabrice habitaient à quelques rues de là, au dessus du bar des Amis.

Jean-Ro avait besoin de se dégourdir les jambes et de se changer les idées. Il décida de laisser sa voiture au parking des Allées. Le soir tombait, il était plus de sept heures et l'air frais nettoyait ses poumons de l'atmosphère nauséabonde qui régnait à l'Hôtel de Police. Il traversa la place du général de Gaulle en zigzaguant entre les autocars et, dans le chahut d'un groupe de lycéens à capuche, il reconnut Aurélie Perez, une gamine de Corneilhan.

- Salut Aurélie, comment vas-tu ?

- Bonsoir m'sieur! Ouah, c'est la galère, j'ai loupé mon bus.

- Ah, mince, et comment tu rentres chez toi ?

- Oh, c'est bon, ma mère vient nous chercher. Elle gueule un peu, parce qu'elle va ramener les copains !

- Hé, salut José ! Alors, tu retournes au bahut cette année ?

- Hein ? Oh non, vous savez, m'sieur Roger, j'ai tout laissé tomber. Je crèche toujours chez mon vieux.

- Tu bosses avec lui ?

- Oh non, pécaïre ! Mais je m'occupe. Vous savez bien, je geeke toujours comme un bauch…

Ah, ce José ! Il rendait visite à Jean-Ro pendant l'été pour discuter de son avenir, mais rien ne l'intéressait que de jouer encore à ses jeux vidéo. Il ne savait pas quoi faire de son existence. Son père était vigneron et sa mère travaillait dans une agence immobilière. Elle avait plus ou moins refait sa vie à Béziers et n'était guère à la maison. Quand José poussait la porte de la boutique, elle restait pendue au téléphone et haussait les épaules d'un air désolé. Elle n'avait jamais le temps de s'occuper de lui.

Jean-Ro progressait dans les petites rues du quartier gitan. On dirait plutôt le quartier arabe maintenant ! Les trottoirs étroits servaient à déposer les ordures et le linge pendu aux fenêtres s'égouttait dans les caniveaux. Trois grosses bonnes femmes assises sur des chaises branlantes entre deux carcasses de bagnoles désossées papotaient sans se préoccuper de lui. Il aperçut enfin le bar des Amis au coin de la rue. Deux types adossés au chambranle l'interpellèrent, le verre à la main.

- Ben mon gars, tu prends un godet ? Le patron offre les tapas !

Jean-Ro jeta un coup d'œil autour de lui. Le commissaire ne lui avait pas précisé de quel coté du bar se trouvait l'immeuble. Après tout, il se mettrait un peu dans l'ambiance.

- Allez ! Bonsoir tout le monde.

- Un petit jaune pour le monsieur ?

- Donnez-moi plutôt un demi, patron. Une Stella, tiens, avec des cacahuètes !

- Robert s'est fait cent plaques au Kéno. On va fêter ça !

- Hé Momo, tu en remettras un pour moi et pour le jeune homme.

- Non non, merci Monsieur Robert, je ne peux pas accepter. Ce sera pour une autre fois !

- Et alors, qu'est-ce qui vous amène de par chez nous, mon bon monsieur ?

- Je viens voir Monsieur Charrier. Je suis un vieil ami de son fils.

- Ah ! Celui là, quand il rend visite à son père, c'est pour réclamer de l'argent. Mais le vieux sait comment le flanquer à la porte !

- Moi, mon vieux, je vais te dire une bonne chose. Les bleus vont leur foutre une sacrée tannée, à tes écossais ! C'est rien qu'une bande de pédés...

Jean-Ro baissa le nez dans son verre. La bière sentait un peu la javel. Il fit un sourire crispé à l'assemblée et hocha la tête comme si tout allait pour le mieux dans le meilleur des mondes. Il n'avait pas suivi un match de foot depuis des années et le poste crachouillait salement au dessus du bar. Deux gamines en foulard s'égaillaient dehors. Elles se renvoyaient une poussette vide à travers la rue en piaffant. La ferraille déglinguée caracolait sur les vieux pavés et finit par se renverser contre la bordure du trottoir. La nuit tombait. Le cercle en néon du plafonnier donnait une mine blafarde aux abonnés du bar des Amis. Les conversations s'empâtaient sous l'effet de l'alcool. Jean-Ro posa deux euros sur le comptoir en plomb et s'esquiva lamentablement.

Il prit sur la droite en sortant et déchiffra sans succès les petits papiers collés sur les boutons de sonnettes. Il repassa devant le bar en haussant les épaules, l'air de dire : Je me suis gouré ! Mais les types lui tournaient déjà le dos. L'autre rue était plus étroite et sombre. Il fit un pas en arrière pour examiner la façade délabrée. La petite porte d'entrée ne fermait plus depuis belle lurette. Des boites aux lettres dépareillées baillaient le long du mur dans le couloir. Il s'éclaira avec son téléphone portable. "E. Charrier." C'était là. Le bouton de la minuterie se trouvait au pied de l'escalier. La porte de droite était bariolée de quelques dessins rock and roll et celle de gauche était murée. Elle donnait sans doute sur le local désaffecté qui faisait le pendant au bar. Au premier étage, l'ampoule était grillée. Ca sentait la soupe de poisson. Au second, il reconnut, punaisée à la porte, la même petite étiquette que sur la boite aux lettres, vraisemblablement découpée dans une carte de visite. Sur le mur, il devina la trace plus claire du bouton de sonnette qui avait été arraché. Il s'immobilisa un moment et écouta les gazouillis de l'immeuble. Un poste de télé bourdonnait en écho le match à l'étage au dessus.

Il frappa deux coups et le panneau vibra sous le choc comme un ressort cassé. Une mémé aux cheveux ébouriffés surgit de l'appartement d'en face et le toisa.

- C'est pourquoi ?

- Bonsoir madame, je viens voir Monsieur Charrier.

- M'sieur Emile ? Et qu'est-ce que vous lui voulez ?

- Il est là ?

- Attendez un peu, je vais demander s'il peut vous recevoir.

Elle leva les bras pour contourner Jean-Ro, poussa la porte de Monsieur Emile et l'appela. C'était faiblement éclairé là dedans et tout encombré de cartons. Une silhouette apparut finalement, trainant des charentaises sur les pavés de ciment poussiéreux. Un grand escogriffe voûté avec une épaisse chevelure blanche le regarda tristement. La voisine claironna :

- Y a ce monsieur qui vous cherche, Mimile. Vous le connaissez ?

- Bonjour ! Jean-Roger Cabanes. Je suis un vieil ami de Fabrice.

- Ah ? Jean-Roger, dites-vous ?

- Je voudrais vous parler, Monsieur Charrier, au sujet de votre fils. Je ne vous dérange pas ?

- Ça dépend. Mais je ne sais pas où il est, mon gars.

- Justement !

C'était l'intérieur désuet d'un couple de retraités meublé chez Lévitan dans les années 60. Deux fauteuils élimés trônaient devant l'écran éteint d'un vieux poste de télé et une grande table de salle à manger en marqueterie, recouverte d'une épaisse vitre, occupait toute la pièce. Des napperons brodés, des fanfreluches et de vieilles photos sur les murs. Le père de Fabrice tendit une chaise à Jean-Ro et congédia la vieille. La porte d'entrée claqua de sa mauvaise humeur. Il sortit du buffet un muscat de Frontignan, deux verres à liqueur et resta planté là.

- Alors, vous êtes peut-être un copain de lycée ?

- Non. J'ai fait sa connaissance à l'imprimerie quand il travaillait dans la région parisienne. Et puis je l'ai revu ici l'an dernier, avec sa copine Cécile. Elle m'a appelé pour me dire que Fabrice a disparu. J'ai promis de m'en occuper et je sors tout juste du commissariat...

- Elle leur a raconté des balivernes et ils sont venus me poser des tas de questions.

- Ils pensent que vous pourriez peut être me renseigner. Ils n'ont pas l'air de faire grand-chose pour le retrouver.

- Pensez-vous ! Ils savent très bien de quoi il est capable. Ils sont sur la piste d'un certain Pedro, qui aurait fait un mauvais coup. Mais moi, je ne m'occupe pas de leurs histoires...

- Ah bon ? J'ai connu un Pedro, un gars qu'il fréquentait à l'époque. Ils manifestaient dans les cortèges étudiants, pendant les grèves. Ils imprimaient même en douce des tracts révolutionnaires... Je vous parle d'il y a bien longtemps !

- Ça ne remonte pas à si loin, à en croire les gendarmes. On les aurait vus ensemble récemment. Mais je n'en sais fichtre rien, pas plus en ce qui concerne sa compagne.

En redescendant l'escalier, Jean-Ro se demandait à quoi tout cela pouvait le mener. Fabrice ne lui avait jamais parlé de ses parents. Apparemment, ils ne le tenaient pas en odeur de sainteté. Le brave homme était surtout préoccupé par la maladie de sa femme, immobilisée dans une maison de repos. Avenue Camille Saint-Saëns, Jean-Ro se retourna instinctivement. Un jeune gars qui marchait derrière lui s'arrêta. Comme

Jean-Ro le dévisageait, il approcha d'un pas hésitant.

- Dites, M'sieur, vous connaissez Fabrice ? Parce que nous, on le cherche, votre ami. Il nous doit du pognon. Et on ne voudrait pas que les flics se mêlent de nos affaires.

- Ha ? Vous pensez qu'il se cache ?

- Oh, ce n'est pas qu'on lui fasse bien peur. Mais faudrait pas qu'il nous prenne pour des noix trop longtemps !

- Et alors, qu'est-ce que vous me voulez ?

- Hé bien, si vous le voyez, dites-lui qu'on commence à s'impatienter, capischi ?

Ce petit truand avec ses rouflaquettes n'était pas très rassurant. Les rues et le parking souterrain étaient déserts et Jean-Ro se sentait un peu nerveux. Mêlez vous des affaires des autres ! Sa main trembla en glissant le ticket dans la caisse automatique et il fit crisser ses pneus sur la rampe quand la barrière du parking se leva.

Chapitre 2

- C'est bien pour cette raison, monsieur Cabanes ! Ils veulent garder la même présentation. Juste moderniser un peu le logo avec un fond vert plus écolo. On ne va pas reprendre toute la campagne publicitaire, vous comprenez ? Ils commencent juste à se faire un nom et si on change de braquet tous les six mois, ils vont finir par perdre des clients.

Jean-Ro travaillait dans une agence publicitaire locale et indépendante. Une situation on ne peut plus précaire. Et il avait rarement les coudées franches avec son patron pour donner libre cours à son imagination.

- Voila ! Je me suis encore fait chier pour rien. Ces péquenauds n'aiment pas le changement ! Et après, ils se plaignent que les affaires vont mal… Rien à foutre ! Ils y tiennent, à leur putain de goût de chiotte. Pas moyen de vous faire confiance. C'est comme cet imbroglio avec Cécile : Essayez de rendre service et tout le monde vous tombe dessus.

Pour se calmer, il s'offrit une promenade sur internet. Selon ses propres rites, il commençait par la presse nationale, ses éditorialistes préférés dénonçant l'incompétence des ministres, les rodomontades du nouveau président et les déchirements de l'opposition. Puis il surfait sur les blogs les plus déjantés de sa liste de favoris. Des parodies cradingues sur les démêlés conjugales et judiciaires de nos politiques. De grossiers photomontages scannés dans la presse à scandale, agrémentés de légendes salées. Et quand il avait encore du temps à perdre, il se plongeait dans l'inépuisable flot des commentaires orduriers sur les forums. Il alimentait lui-même toutes ces plateformes sous différents pseudonymes. Il y déversait ses frustrations et sa haine grandissante envers les puissants. Il avait cru à la politique dans sa jeunesse. A l'action militante et à la révolution… Mais il ne s'était jamais vraiment engagé, comme le jeune Pedro par exemple.

Fabrice n'était pas tellement politisé, lui non plus. Jean-Ro l'avait fait embaucher dans l'imprimerie et il s'était syndiqué parce que c'était indispensable pour obtenir le job. Mais tous deux étaient plutôt attirés par la mouvance libertaire.

Ils admiraient tous ces intellectuels bon chic bon genre, ces révoltés à la gomme. Fabrice piquait leurs bouquins dans les librairies branchées et les laissait chez Jean-Ro. Pour atteindre les hautes sphères parisiennes, Jean-Ro rêvait de s'introduire dans le monde de l'édition, mais il n'avait pas assez de culture et d'audace. Fabrice était plus entreprenant, mais il ne prenait rien au sérieux et finissait toujours par se faire griller. Il s'était même fait virer de l'imprimerie avec la bénédiction de la C.G.T. et avait peu à peu sombré dans la marginalité et la clochardisation. Quelque temps après qu'ils se soient perdus de vue, Jean-Ro entrait comme assistant-rédacteur dans une boite de publicité lancée par deux jeunes loups super-friqués.

A midi, Jean-Ro avait rendez-vous avec le trésorier d'une cave coopérative que le boss ne pouvait pas voir en peinture, pour discuter d'un projet d'étiquettes de bouteilles. Il mit en veille son ordinateur, enfila sa veste et dégringola joyeusement l'escalier. Les feuilles des platanes du boulevard étaient encore vertes sous un beau ciel d'automne. Il crut à une contredanse, ou à une pub à la con, mais finalement, il trouva un petit mot écrit à la main sur son pare-brise. Cécile ne lui avait laissé que son numéro de téléphone quand elle l'avait appelé l'autre soir. Il aurait très bien pu l'égarer et oublier cette histoire. Mais apparemment, elle savait où il garait sa voiture et elle ne lui lâchait pas les basques. Le ton était impératif :

" Voila mon adresse. Viens ce soir, Cécile."

Elle habitait au deuxième étage d'une maison de ville dans la rue du Cimetière Vieux, à trois cent mètres du bureau de Jean-Ro. Il s'y rendit pour lui expliquer en deux mots qu'il allait laisser tomber. Le petit monde biterrois de Fabrice lui était étranger et il n'avait pas envie de s'en mêler. Mais pas de bol, elle voulait lui raconter autre chose. Elle était agitée et insista pour qu'il entre un moment. Elle le fit asseoir avec autorité sur un petit fauteuil en rotin. Voila, une nana avait frappé à sa porte un après-midi. Cécile l'avait laissé entrer sans se méfier. Mais cette cinglée commençait à la bousculer et à fouiller dans l'appartement. Elle voulait revenir avec une camionnette pour emporter les affaires de Fabrice. Ça ne tenait pas debout ! S'il l'avait vraiment envoyée, elle aurait su qu'il avait juste laissé chez elle un sac de voyage et trois bouquins sur l'étagère.

- Mais il n'habite pas ici ?

- Non, pas vraiment. On est ensemble depuis quelques années mais il vit à gauche, à droite. Il s'incruste chez les copains ou zone dans des squats... Tu le connais, il ne reste jamais longtemps au même endroit. Parfois, il disparait pendant plusieurs semaines, mais il me prévient toujours et si j'ai besoin de lui, sa bande reste en contact. Donc je ne m'inquiète pas. Mais là, personne n'a de ses nouvelles depuis six semaines. Et maintenant, ils me font une drôle de tête quand je leur demande ce qu'il devient.

- Ils ne savent vraiment rien ?

- Ca n'a pas l'air. Ils disent qu'il leur joue un mauvais tour. Ils ne trouvent pas ça drôle du tout et tu sais ce que c'est, ils passent à autre chose.

Jean-Ro n'était pas disposé à poser d'autres questions. Cécile était restée debout et elle fila à la cuisine pour remuer de la vaisselle. Il recula avec son fauteuil quand elle posa sur le guéridon une théière fumante et deux petits bols chinois. Il se décida à lui faire son rapport :

- J'ai vu le commissaire jeudi dernier. Il ne m'a rien appris. Il n'a pas l'air de s'en préoccuper. Je comprends mieux après ce que tu me racontes. Un type qui vadrouille, il n'y a pas lieu de s'inquiéter. Enfin, ils ont quand même interrogé son père.

- On est fâchés avec son père.

- Ah bon ?

- Je suis allée le voir. Il se fiche vraiment de tout. C'est un ours mal léché qui ne pense qu'à sa pomme. Quand je me suis pointée, il m'a pris pour une grue. Il croyait vraiment que je venais lui faire du gringue !

Jean-Ro leva les yeux sur elle. Elle était encore plantée là devant lui les bras ballants, ses grandes quilles nues jusqu'aux fesses sous la mini-jupe.

- Ha ha ha ! Le mauvais plan ! Mais en y repensant, je comprends un peu son point de vue !

- Arrête ton char, espèce de petit saligaud ! Tu es son meilleur ami, quand même.

- Oui, enfin…

- Si si. Il me le disait souvent. Tu connaissais son père ?

- Je l'ai vu l'autre jour pour la première fois. D'après lui, les gendarmes sont persuadés qu'il est parti avec Pedro.

- Avec Pedro, vous faisiez une fameuse équipe, pas vrai ?

- Enfin, il ne faut rien exagérer. Donc c'est bien le Pedro que je connais. Tu en as parlé aux flics ?

- Mais bien sûr que non ! Je n'y aurais même pas pensé. Je ne sais même pas à quoi il ressemble, ton parigot !

- Ils n'ont pas dû te trouver très coopérative !

- Non, mais je m'en tape. J'ai déjà assez de problèmes sur le dos...

- Bon. Hé bien le mieux, c'est d'en rester là.

- Mais tu rigoles ! Toi, tu connais Pedro. Donc tu as toutes les chances de retrouver Faby !

- Ho mais tu dérailles. D'abord, je me présente bêtement au commissariat alors que je n'ai rien à voir dans cette histoire, du coup, ils pensent que je sais quelque chose et essaient de me piéger. Ils ne me parlent même pas de Pedro... Et pour couronner le tout, une bande de gitans me court après pour récupérer leur fric.

- Ah oui ? Mais ça n'a rien à voir. Fabrice doit un peu d'argent à tout le monde ici, tu sais.

- Je vois. Mais ses entourloupes, très peu pour moi !

Elle serra les lèvres avec une pointe de mépris, posa une main brulante sur l'épaule de Jean-Ro et partit chercher du sucre. Elle revint avec la boule en inox du sucrier dans une main et un bâton d'encens dans l'autre en minaudant une espèce de transe indienne qu'elle transforma en marche militaire déhanchée, pointant sur Jean-Ro le bâton incandescent comme une mitraillette en faisant rouler sa petite tête d'oiseau. Puis elle lui envoya un clin d'œil comme pour l'attendrir et Jean-Ro sourit béatement.

- Non, vraiment, Cécile, je t'assure, il vaut mieux attendre. Dans ma situation, je ne vois pas comment t'aider !

- Comment, tu ne vois pas ! Et c'est quoi, ta situation ? Allez, mon petit lapin, sois sympa... Tiens, je vais te montrer un truc. Tu sais, les policiers on retourné son sac. Ils ont trouvé de vieilles enveloppes et un téléphone portable.

- Et un téléphone portable !

- Ben oui, mais ce n'était pas à lui.

- Tu en es sûre ?

- Il n'a jamais aimé ces machins là. Mais ce que je vais te montrer, je l'avais gardé sur moi. Je me demandais toujours où Fabrice allait se fourrer. Alors j'ai piqué un jour ces adresses dans son portefeuille. C'est comme ça que j'ai su où tu travaillais.

- Ha bon ? J'allais te le demander.

- Mais bien sûr, mon petit chou…

Elle s'accroupit sur ses sandales à talons et sortit de son sac un bout de papier froissé. Le chat gratta furieusement sa caisse dans la cuisine quand elle le déplia.

- Tu comprends, l'adresse de ton bureau, c'est la seule que j'ai reconnue là dedans. J'ai fait le rapprochement quand j'ai vu ta voiture. Alors je suis sûre que ce truc va nous mener quelque part. C'est à toi de jouer, maintenant !

- Mais arrête tes conneries ! C'est quoi, ce bordel ! Un jeu de pistes ? Il n'y a pas les noms des gens ni le nom des villes ! Elles sont peut être bonnes, tes adresses, mais pas forcément à Béziers. Tiens, celle là, par exemple. Ça pourrait aussi bien être à Paris. Tu vois le truc ?

- Oui je vois le truc. Je vois que tu commences à t'intéresser à mon jeu de piste !

Ils rigolaient sous cape tous les deux. Le piège se refermait sur Jean-Ro mais il ne l'entendait pas de cette oreille.

- Bon, c'est pas tout ça, ma petite Cécile…

- Tu ne me laisses pas tomber, hein, Jean-Ro ?

 Elle se jeta sur lui.

- Tiens, garde mon petit bout de papier, tu es le seul à pouvoir en faire quelque chose !

Elle enfonça ses ongles rouges avec la liste dans la main de Jean-Ro. Comme il s'esquivait, elle la glissa dans la poche de son veston d'un geste théâtral.

- Tu vois, je te fais confiance. Je sais que tu vas m'aider !...

Elle allait fondre en larmes alors qu' il se dirigeait vers la porte sans savoir où donner de la tête. Il lui fit quand même la bise sur le paillasson. Une fois dans la rue, il ne savait plus où il avait mis sa bagnole. Quand il posa enfin le cul sur la banquette, il la vit qui l'épiait de son balcon. Elle secouait le bras et il n'eut pas le cœur de l'ignorer. Il se fendit d'un petit signe de la main en hochant du chef.

Chapitre 3

Denis feuilletait distraitement ses vieux cours de sociologie. Il venait de les retrouver dans un carton au fond du placard de la chambre de sa fille. Solène n'était restée que quelques mois chez eux après leur déménagement et sa chambre servait de débarras. Il se pelotonnait sur une chaise de cuisine, enveloppé dans une couverture, à l'abri du crachin dans le renfoncement de son balcon. Le ciel était gris, il faisait froid et humide, mais il éprouvait le besoin de prendre du recul. Son appartement se trouvait au vingt-septième étage d'une tour moderne place d'Italie. A la fin des années soixante-dix, il étudiait les sciences humaines à la fac de Nanterre. Il travaillait maintenant dans un institut de statistiques. Après son doctorat, il avait eu quelques boulots intéressants, mal payés mais plus en rapport avec sa formation marxiste. Il portait alors la barbe, remplacée depuis par une moustache stylée, dont il lissait les pointes. Il se déplaçait toujours en moto et estimait avoir bien tiré son épingle du jeu sans renier totalement ses convictions. Il laissait encore trainer dans les chiottes de vieux Charlie-Hebdo et ses bourgeoises successives n'avaient pas réussi à éliminer les cartons de magazines pornos qui traînaient dans sa chambre. La nuit tombait et la lumière de la ville rendait phosphorescente la brume sur le toit des immeubles. On devinait le clignotement des avions de ligne qui sillonnaient dans tous les sens le ciel de la capitale. Ces étoiles filantes des temps modernes l'accompagnaient dans sa rêverie.

Le téléphone sonna au moins trois fois avant qu'il ne s'en rende compte. Josiane était sûrement arrivée dans leur maison de campagne et elle n'arrivait jamais à allumer l'eau chaude. Il se prit les pieds dans la couverture en se levant et un vieux bouquin tomba par terre quand il s'empara du combiné. Son séjour de quarante cinq mètres carrés était meublé avec des tubes en acier noir et des étagères de verre sur lesquelles des objets d'art traditionnel ramenés d'Inde et d'Afghanistan dialoguaient avec quelques toiles d'art abstrait judicieusement réparties sur les murs tapissés de lin couleur tabac.

- Qui ? Jean-Roger ? Ah, Salut... Ouais, ouais, je sais, tu es parti dans le midi ! Et alors, comment va-t-il le biterrois ? Bon ! Hé bien ici, on carbure à l'eau de pluie, comme d'hab... Tu parles !... Ouais, c'est Jozy. J'en suis aux "J" maintenant. Ouais, ouais, ça y est, on fait la révolution. Notre maire gay sert des petits fours parfumés aux merguez. Ah, Fabrice, l'imprimeur du goulag ? Non, non. Mais c'est quoi, cette histoire ?

L'ex mao-spontax "Roger le Rouge" faisait à son chef de brigade son rapport sur les adresses de Cécile pour savoir si ça lui disait quelque chose.

- Ah, là, c'est Antoine, je crois. Non, je ne le vois plus. Mais dis donc, tu espionne pour le KGB ou quoi ? Ben je n'en sais rien. Il n'habite peut-être plus là... Hou la la, toi, tu veux tirer ton coup et la gonzesse te fait tourner en bourrique ! C'est ça, mon petit Roger. Ok. Fais de beaux rêves. Tchao bambino.

Le ciel se remplissait de nuages bas. Ils envelopperaient bientôt les tours. Le coup de téléphone de Jean-Ro et ses vieux polycops sur la transmission du savoir le ramenaient à ses années Nanterre. C'était un signe ! La liste d'adresses sans nom lui rappelait ces petits bouts de papier qu'ils se glissaient alors dans les poches avec des mines de conspirateurs. Les réunions de cellule de la quatrième internationale changeaient d'endroit chaque semaine pour tromper la vigilance des Renseignements Généraux. On y glorifiait la bonne parole du camarade Trotski. Cela se passait souvent dans des caves éclairées à la bougie. On s'y rendait en ordre dispersé. Il ne fallait pas alerter l'ennemi de classe.

Il y avait une adresse à laquelle il n'avait pas réagi sur le coup. Un nom de rue plutôt singulier. Il vérifia sur Google Maps : Avenue de la Fontaine de Drolle …à Nanterre ! Vraiment cette rue n'existait qu'à Nanterre. Mais à quoi correspondait-elle donc ? Mystère ! Quoi qu'il en soit, si Jean-Ro s'enfermait dans cette galéjade, il appellerait sûrement "le Cerveau," ce couillon d'Antoine Bourrel. Denis, lui, était rassuré. Il ne figurait pas sur la liste. Jean-Ro lui avait téléphoné parce qu'il était facile à trouver dans l'annuaire et que la bande faisait toujours appel à lui dans ces cas là : Il se posait un peu en gourou à l'époque, avec sa grande barbe noire. Et maintenant, il devenait une vraie star à fine moustache. Il commentait régulièrement les sondages à la télé.

La conversation avait exaspéré Jean-Ro : Denis la malice avec ses grands airs ! Mais il avait quand même appris quelque chose. Il hésita avant de téléphoner à Antoine le lendemain et tomba d'ailleurs sur un répondeur tout ce qu'il y a de plus impersonnel. Si ça se trouve, Fabrice avait laissé ces vieilles adresses à Cécile pour s'en débarrasser. Comment pouvait-elle espérer en tirer quelque chose ! Cécile ! Il devait se la sortir du ciboulot, celle là. Elle le rendait chèvre. C'était dimanche. Il se décida pour une promenade au bord de la mer. Ça lui changerait les idées. Antoine le rappela dans la soirée.

- Moi c'est exactement pareil. J'ai trainé dans cette boite pendant des années et je me suis marié avec ma chef de service. Denis m'envoyait ses vœux tous les ans, mais depuis...

- Je voulais savoir si tu avais eu récemment des nouvelles de Fabrice.

- Non, pourquoi ? C'était plutôt ton pote, à vrai dire. Tu ne le vois pas à Béziers ?

- Si, un peu, mais il a disparu. Sa copine l'a signalé à la police et ils ont fait le rapprochement avec Pedro. Tu te souviens de lui ? ...Ah bon, merde alors ! Il est en cavale ? Ben non, tu sais, moi... Non, Cécile ne le connait pas... Ha d'accord, carrément. Attaque à main armée. Putain, et si Fabrice était dans le coup, lui aussi ? Au fait : il a laissé à sa copine une liste d'adresses. Et la tienne est dessus. Qu'est-ce que tu dis de ça ?

- Je dis que ça me surprend beaucoup parce que je n'ai plus aucun contact avec lui. Elle a montré cette liste aux flics ?

- Non, non, rassure-toi.

- Je demandais ça comme ça… Et il y a d'autres noms ?

- Il n'y a pas de noms, il n'y a que les adresses !

- Et toi, tu nages dans ce marigot. Ce n'est pas très malin !

- J'essaie simplement de comprendre, Antoine.

- Laisse tomber, Jean-Ro. Je t'aurai prévenu…

Le lendemain à neuf heures, Cécile faisait les cent pas devant son agence. Jojo, le patron de Jean-Ro, ne l'avait pas laissée entrer, parce que ce n'était pas une maison de rendez-vous. Il était très fâché et quand il les entendit discuter sur le palier, il sortit, rouge de colère. Il tira Jean-Ro à l'intérieur et claqua la porte au nez de la belle.

- Mais Joseph. Qu'est-ce qui vous prend ?

- C'est une pute, Jean-Ro. Vous donnez rendez-vous à des prostituées au bureau !

- Mais pas du tout, pourquoi vous dites une chose pareille ? Et d'abord je ne lui ai pas donné rendez-vous !

- Alors là, vous la connaissez mal !

- C'est la compagne d'un de mes amis...

- Hé bien, vos amis font un drôle de métier ! La semaine dernière, le Président Sélinas me l'a montrée par la fenêtre, elle faisait le tapin devant l'immeuble et il s'est bien foutu de moi !

- C'est moi qu'elle cherchait !

Jean-Ro put s'échapper vers onze heures et il se crut obligé de donner une excuse bidon à la secrétaire. Elle lui fit un sourire plein de sous-entendus.

Quand il tourna dans sa rue, il vit Cécile épousseter ses géraniums au balcon. Elle était en pyjama ! Ou plutôt en costume japonais, mais le pauvre voyait le mal partout, maintenant.

- Ton patron est un gros porc. Et je ne te permets pas de me dire des choses pareilles !

- Bon, bon, mais ne traîne plus devant mon bureau comme ça, tu comprends, parce que ce type est un vrai pervers.

- Je ne traînais pas. La première fois, je ne savais même pas que je te cherchais avant de reconnaitre ta putain de bagnole. Je ne me doutais pas que je tomberais sur ta putain de sale petite gueule de con.

- Hum... Ouais. Bon alors, pourquoi tu voulais me voir ce matin ?

- Ecoute, Fabrice est à Paris. Il faut aller le chercher.

- Mais enfin ! Comment sais-tu qu'il est à Paris ?

- A cause du 92.

- ...

- La fille qui est venue chez moi !

- Tu l'as revue ?

- Non, mais la vieille vipère du rez-de-chaussée a relevé sa plaque, l'autre jour, quand il y a eu tout ce ramdam. Elle lui a même parlé. Elles sont toutes les deux du même coin. Elle m'a dit qu'elle venait du 92, et c'est à Paris, ça, le 92. Et toi, d'où c'est qu'tu viens, mon beau légionnaire ?

- Vous avez dit bizarre…

Ils rigolèrent et le chat se cacha sous la commode. Cécile était impayable ! Alors Jean-Ro lui raconta sa conversation avec Antoine. Si c'était bien ce qu'on imaginait, Fabrice avait de bonnes raisons de se planquer et il ne fallait surtout pas mette les gendarmes sur sa piste.

Le Suppléant

Chapitre 4

La mère de Cécile passait toujours sans prévenir. Elle prenait de ses nouvelles, la gavait avec leurs histoires de famille et laissait dans le frigo des Tupperware pleins de bons petits plats. Elle reprenait même les boites vides sans que sa fille ne les nettoie.

- Ça va moisir si tu les oublies comme ça.

Mais cette fois-ci, Cécile faisait un grand ménage et chamboulait tout l'appartement. Elle tirait les meubles dans tous les sens et voulait repeindre le mur du fond.

- Qu'est-ce qui se passe, ma petite. Ton Faby est de retour ?

- Non, il est à Paris.

- Tu vois bien, je te le disais ! Il ne fallait pas s'inquiéter.

- Oui, parce que toi, tu n'aurais pas levé le petit doigt !

- Comment tu es... En tout cas, tu as l'air d'aller beaucoup mieux.

- La prochaine fois que tu viens, ramène moi la lampe halogène et le tapis de l'oncle Gustave qui est roulé au fond du grenier.

-Vous avez l'intention de vous mettre en ménage ?

Cécile pouffa. Elle avait balancé le sac de Fabrice dans le cagibi et invité sa copine Marie Pierre à diner. Elle consultait toujours Marie Pierre avant de prendre une décision. Le ragoût de sanglier de sa mère ferait l'affaire avec deux bouteilles de Gigondas.

Marie Pierre était resplendissante avec son bouquet de glaïeuls à la main. Elle annonça à Cécile une très bonne nouvelle. La secrétaire de son cabinet médical partait six mois en congé maternité et ses patrons voulaient bien prendre Cécile en remplacement. Elles allaient fêter ça ! La seule ombre au tableau, c'était Fabrice. Il trempait peut être dans un coup foireux. Cécile édulcora un peu son récit.

- Mais dis donc, si tu m'en disais un peu plus sur ton candidat-mystère ? Parce que tu ne te rends pas compte, mais tu en as plein la bouche, de ton Jean-Ro !

- Mais pas du tout. Qu'est ce que tu vas imaginer ?

- Et ta cambrioleuse ? Qui est-elle celle-là ? Qu'est-ce qu'elle venait chercher ? Le téléphone et les lettres contenaient peut-être de précieux renseignements pour la police. Si Fabrice est dans le coup, j'espère qu'il n'a rien laissé de compromettant derrière lui.

- La fille ne m'a rien demandé.

- C'est quand même gênant de ne pas avoir de nouvelles. On imagine toujours le pire. Tu pourrais être accusée de complicité !

Marie-Pierre était une raisonneuse vraiment soûlante. Cécile préférait se laisser porter par les évènements et décider dans le feu de l'action. C'était peut-être l'occasion de tirer un trait sur sa relation avec Fabrice. Il ne la rendait pas heureuse. Il était bien gentil mais ne la menait nulle part. Quand il débarquait chez elle, il n'avait jamais une thune... Depuis quelque temps, elle le trouvait carrément chiant.

Deux jours plus tard, Cécile trouva dans la boite aux lettres un relevé bancaire au nom de Fabrice Charrier. Il mentionnait deux retraits d'argent, dont le dernier datait du 26 septembre, trois semaines plus tôt. Il était donc bien vivant et aurait tout de même pu lui donner de ses nouvelles ! Elle n'appela pas Jean-Ro. Il aurait fait le gars heureux d'apprendre la nouvelle et trouvé là une bonne raison de la laisser tomber. Elle préférait qu'il se déplace et le meilleur moyen était encore de glisser un petit mot sur son pare-brise. Elle avait quelques courses à faire, mais la voiture de Jean-Ro ne stationnait pas sur le boulevard. Dans l'après-midi, elle ne tenait plus en place. Elle savait que Jean-Ro logeait chez les Perez, des amis de sa mère. Elle en avait discuté longuement avec Fabrice l'année dernière au Café des Arènes. Vers les cinq heures, elle était au volant de sa 106. Elle prit par les boulevards au cas où Jean-Ro serait revenu au bureau et s'engagea sur la route de Corneilhan. En se garant sur la place du village au pied de l'église, elle tomba sur Aurélie qui discutait avec un grand gamin frisé.

- Bonjour, Cécile ! Tu n'es pas avec Fabrice ?

- Non, il n'est pas là en ce moment. J'apporte du courrier pour Monsieur Cabanes. Je voulais demander à ta maman où se trouve sa maison.

Le copain d'Aurélie intervint.

- Le gars qui travaille dans la pub ? Il habite aux lotissements. Si vous voulez, je vous y amène... Moi, c'est José.

- Monte.

Il s'assit sur la lettre de banque et guida Cécile à travers le village en faisant de grands gestes.

- Tu le connais ?

- Ouais, un peu...

- Il vit avec quelqu'un ?

- Non. On ne le voit pas souvent au village. C'est là ! Le portail vert... Ne vous en faites pas, je rentre au village à pied.

- Bon hé bien merci, José.

- Pas de problème !

Jean-Ro était plongé dans un catalogue de voyages, avachi sur le canapé. Des zèbres et des éléphants tiraient la bourre en pleine brousse. Les rayons du couchant dansaient à travers le feuillage, projetant les oliviers en ombres chinoises sur le mur du salon.

- Mais il y a quelqu'un dans le jardin...

Il bondit vers la porte fenêtre et se retrouva... dans les bras de Cécile.

- Hé doucement, n'oublie pas les préliminaires !

- Ah, c'est toi, Cécile ? Je croyais que des gosses rodaient dans le jardin. Mince, si je m'attendais à te voir ici...

- Hé bien, je ne sais pas. Tu pourrais installer une sonnette ou adopter un chien...

- Entre ! Je m'endormais. A moins que je ne sois en train de rêver !

- Tu rêves ! La jolie princesse vient délivrer son prince charmant !

- Mais absolument ! Prince, démon ou assassin, je ferais tout pour ma belle princesse...

Elle s'était faite toute belle et Jean-Ro se demandait ce qu'elle venait fêter. Il chercha deux bières et la fit allonger sur le divan. Ils se regardèrent ne sachant plus quoi dire. Cécile serrait nerveusement son sac à main sur les genoux. Jean-Ro baissa les yeux et elle s'en rendit compte. Alors elle fouilla dedans.

- Mince, je l'ai laissée dans la voiture.

- Qu'est-ce que tu cherches ?

- Tu vas voir...

José avait baissé la glace du passager et Cécile plongea à l'intérieur.

- C'est une lettre. Je ne sais pas où je l'ai mise.

La lettre avait glissé sous le siège. Ils retournèrent à la maison en célébrant cette nouvelle pièce à conviction. Jean-Ro consulta le relevé de compte sur la table basse. Il pointa du doigt la dernière ligne :

"Retrait DAB BNP Laglière 26/09"

- Hé hé ! Voila qui va nous mener à l'endroit où il a retiré de l'argent.

- Comment ça ?

- "Laglière." C'est le nom de l'agence !

- Elémentaire, mon cher Watson.

Comme il se redressait tout fier, le portable de Jean-Ro pioupiouta. Il affichait un SMS:

"Cette histoire nous cause beaucoup d'ennuis. S'il te plait Roger, ne nous appelle plus. Cordialement, le Cerveau."

Il resta scotché sur le message et le montra enfin à Cécile. Quand il le décrypta, elle se renversa en arrière la tête dans les coussins. Elle tordait le poignet de Jean-Ro, sa petite robe remontant le long des cuisses et il faillit en lâcher son téléphone.

Elle ferma les yeux de toutes ses forces et soupira en grimaçant :

- Merde alors.

Puis elle se redressa d'un coup de reins et atterrit entre ses jambes. Elle le tirait par les bras.

- Hé, c'est ton pote ! Il sait quelque chose. Il ne peut pas le dire au téléphone. Il faut qu'on y aille ! Dis donc, j'ai la dalle. Tu n'as pas quelque chose à manger ?

Cécile prit les choses en main à la cuisine. Elle prenait tout simplement des commandes et Jean-Ro s'en rendait bien compte. Ils partiraient dès le lendemain sur le sentier de la guerre. Ils se bâfrèrent de spaghetti à la bolognaise en écoutant un vieux Janis Joplin que Cécile avait dégotté tout en haut des étagères. Plus tard, ils se rafraichirent au clair de lune. A un moment, elle saisit la main de Jean-Ro et il glissa le bras autour de sa taille.

Il se rendit tôt au bureau et laissa un petit mot à Joseph. Il s'absentait quelques jours pour des raisons familiales. Il la rejoignit rue du Cimetière Vieux. La porte palière n'était pas verrouillée.

Cécile prenait une douche. Il s'étendit sur le canapé. Elle enfila plusieurs robes avant qu'il approuve d'un signe de tête. Ils avaient enfin brisé la glace. Elle fourra tout ce qu'elle trouvait dans un grand sac et s'abattit sur son corps alangui.

Le temps était maussade et ils partaient sans plan précis, peut-être dans le seul but de faire la route ensemble dans le cocon douillet de la Laguna, en s'esclaffant des conneries qui passaient à la radio. Chercheraient-ils vraiment Fabrice ou n'était-ce qu'un prétexte à l'aventure ? Ni l'un ni l'autre ne se posait la question. Le paysage défilait et il y aurait bien quelque chose au bout. Les braillements d'une bande de sales mômes résonnaient dans le restauroute. Ils trouvèrent à la station service des casse-dalles dont ils balançaient au fur et à mesure les emballages vides sur la banquette arrière. Les histoires de Cécile allaient du coq à l'âne. Sa vie, sa famille, ses amis, les endroits où elle avait habité. Il lui parlait de sa jeunesse à Paris et des gens qu'ils allaient rencontrer. En approchant de la région parisienne, la nuit, le crachin et les embouteillages s'abattirent sur eux. Il fallait prendre une décision.

- On va direct chez Antoine, non ?

- Ha oui, c'est vrai. Tu as son adresse…

Antoine habitait un vieil immeuble haussmannien dans le quinzième arrondissement. Jean-Ro fit défiler les noms sur le vidéophone et s'annonça. Il n'entendit pas de réponse mais la porte s'ouvrit. Il ne savait pas à quel étage aller. Le vieil ascenseur en fer forgé descendait, Antoine venait à leur rencontre. Il était contrarié et chuchotait des reproches incohérents. Il finit par les faire monter. Une fois dans l'appartement, il reprit un peu ses esprits.

- Je suis très content de te voir, Jean-Ro, mais ce n'est vraiment pas le moment ! Tu n'as pas reçu mon message ? Je te demande le silence radio et vous débarquez ici tous les deux !

Ils s'installèrent à table et l'écoutèrent. Antoine et Pedro se connaissaient depuis le bahut. Pendant les manifs de lycéens, Pedro militait et il était devenu membre d'Action Directe. Il avait été arrêté lors de la tentative d'assassinat du contrôleur des armées Henri Blandin. Cette affaire avait fait grand bruit au début des années quatre-vingt. Finalement, il avait obtenu un non-lieu. Auréolé par son séjour en prison, Pedro devenait un vrai caïd. Antoine lui rendait de petits services. Il l'avait même caché une fois chez lui. Dernièrement, Pedro avait replongé. Deux ans pour un braquage. Antoine et Chloé recevaient sa petite amie pour lui soutenir le moral. Mais cette fois-ci, c'était du lourd. Ils auraient descendu un otage.

- Qui ça, ils ?

- C'est tout le problème. Les flics recherchent Pedro et son complice.

Quand Jean-Ro lui avait décliné la liste, Antoine s'était dit que Fabrice avait eu son adresse par Pedro. Le lendemain, Chloé avait questionné sa petite amie. Elle ne pouvait pas donner son complice et prétendait qu'il ne faisait pas partie de leur entourage habituel.

- Aie, aie, aie…

- Comme tu dis ! Les flics nous surveillent et vous vous jetez dans la gueule du loup.

Cécile explosa. Elle n'en loupait pas une :

- Fabrice ne ferait jamais ça ! Elle habite où, cette greluche ?

Chloé s'était tue jusque là, mais il ne fallait pas dépasser les bornes.

- N'allez surtout pas foutre la merde. Elle ne vous dira rien ! Elle ne sait pas qui a fait le coup, un point c'est tout. Je vous déconseille vraiment de…

Un peu plus tard, Antoine laissa échapper qu'elle travaillait dans une blanchisserie à Nanterre. Cécile en resta coite.

- Bordel, à Nanterre ! Si ça se trouve, c'est elle qui m'a rendu visite !

Et puis Chloé devint complètement hystérique en réalisant qu'ils ne savaient pas où passer la nuit.

- Pas de souci, Chloé, on va dormir à l'hôtel.

Antoine était confus mais il valait mieux ne pas s'éterniser. Il leur expliqua comment rejoindre l'avenue Emile Zola où ils trouveraient une chambre.

Quand Jean-Ro stoppa en double file devant l'Idéal Hôtel, Cécile suivait des yeux à travers la lunette arrière une devanture de magasin.

- Putain, cette bagnole nous colle au cul comme une ventouse et elle s'arrête juste derrière nous !

- Tu crois qu'on nous suit ?

- Démarre, je te dis ! On va bien voir ! Ne me dis pas qu'on va descendre dans un palace pareil ! Les flics vont croire qu'on a touché not' part !

Ils avaient beau tourner à gauche, à droite, la Renault noire réapparaissait toujours dans le rétroviseur. Jean-Ro s'énerva avec le levier de vitesses et s'engagea sur le boulevard périphérique. Le trafic était plus dense. On pouvait faire des queues de poisson. A un moment, Jean-Ro sortit brusquement et ils se retrouvèrent dans une rue déserte. Plus personne aux fesses.

- Tu sais quoi ? On va chez Denis.

Le Suppléant

Chapitre 5

Ils cherchaient depuis un bout de temps l'entrée de l'immeuble. Ils avaient laissé la voiture dans une grande avenue et parcouraient les allées piétonnes au pied des tours. De ci, de là, des commerces chinois fermés par de lourds volets roulants bariolés de tags. Et puis un petit snack en train d'empiler les chaises leur expliqua comment étaient numérotées les cages d'escalier. Jean-Ro n'avait pas le code et il fallut téléphoner à Denis. Il répondit après plusieurs appels. Il ne les croyait pas en bas. Il leur demanda de l'attendre à la terrasse du Jing-Li, un restaurant thaïlandais sur la placette au bout du passage. Ils étaient crevés et envoyèrent promener sèchement le serveur avec sa carte géante toute en couleurs. Ils attendaient un ami et ne voulaient pas prendre d'apéritif. Denis arriva finalement, les yeux enfarinés. Il insista pour boire un coup et goûter les petits amuse-gueules. Il connaissait le patron et on devait respecter les traditions. Il n'arrêtait pas de charrier Cécile à cause de son anorak, sa minijupe et ses bottes de midinette. Quand on lui demanda de dormir chez lui, il appela sa femme pour savoir si c'était possible. Heureusement, elle finit par accepter. C'était un cas de force majeure. Cécile commençait à pousser des cris de panthère et Josiane fut sympa de la coucher tout de suite dans le petit lit de Solène.

- Fais-moi penser d'appeler maman demain matin, Jean-Ro. Elle s'occupera du chat.

On se retrouvait autour d'une grande table en verre et Denis roula un gros bédo. Ça lui prit bien une demi-heure. Josiane était une blonde plantureuse et chaleureuse. Elle servit du jus d'abricot et retourna se coucher après quelques mots aimables. Denis sortit la bouteille de fine pour arroser les abricots. Il délira un moment au sujet du nouveau gouvernement socialiste. Il fallait composer avec les marchés financiers sans trahir la gauche. On alla sur le balcon pour fumer. Jean-Ro était épaté par la vue. Il n'osait pas trop se pencher mais Denis insistait pour compter tous les petits chinois. On ne voyait plus que des points noirs.

- Imagine un milliard et demi de chintoks. Ça vous donne le vertige !

Quand ils furent bien faits comme des rats, Jean-Ro lui raconta la suite. Au bout d'un moment, Denis l'arrêta.

- Je sais où trouver Fabrice.

- Est-ce vraiment une bonne idée ?

- Tu te souviens, un soir, on s'était pointés à une séance de spiritisme chez des trotskars. C'était à Nanterre. Au sous-sol d'une grande baraque hantée comme dans Psychose d'Hitchcock !

- A Nanterre ! Ha oui, peut-être et alors ?

- Alors elle y est, mon petit bonhomme, sur ta liste ! Tu vas lui ramener sa poule et on s'en battra les couilles ! Tu ne couches pas avec, j'espère ? Elle te fait peut-être des trucs formidables... Hé bien mon vieux, à mon avis, tu es mal barré !

Denis commençait à somnoler en évoquant leurs frasques d'autrefois. Il conduisit finalement son copain à la chambre. Jean-Ro se glissa sous la couette et Cécile se lova dans son giron.

Ils se réveillèrent à midi. Il n'y avait plus âme qui vive. Ils trouvèrent sur la table de la cuisine tout ce qu'il fallait pour déjeuner, la clé de l'appartement et un petit mot avec le code d'accès. Cécile enfila un jean et retira les lacets de ses baskets. Ils étaient KO et trainèrent de pièce en pièce sans se décider à faire quelque chose. Jean-Ro trouva de vieux numéros de l'Internationale Situationniste. Cécile pianotait sur l'ordinateur de Denis. Elle dénicha dans Libération un article sur l'attaque du fourgon blindé de Villetaneuse. Les deux agresseurs, surpris par la riposte des vigiles, s'étaient enfuis en pointant leurs gros calibres sur un passant. Prise d'otage. On avait découvert quelques heures plus tard une voiture incendiée dans la forêt de Sénart. Il y avait un cadavre calciné dedans. La voiture était volée mais les vigiles avaient formellement identifié Pedro Guttierez, un repris de justice fils de républicains espagnols, ancien membre d'Action Directe. Le procureur évoquait de possibles ramifications avec un réseau international de trafic d'armes.

Après ça, Cécile s'étendit en travers du canapé, les pieds au mur.

- Le chauffage par le sol, c'est pas bon pour les jambes !

Un bouquin de Denis Janin tomba de l'accoudoir. "L'Opinion Française." En résumé, les français étaient de vraies girouettes…

- On ne va pas tout de même pas se dégonfler !

Ils décidèrent donc de se rendre à Nanterre. Jean-Ro avait noté comment aller à la baraque d'Hitchcock et à la blanchisserie. Elles n'étaient pas loin l'une de l'autre, ça prouvait bien quelque chose. Il trouva une prune sur le pare-brise. Il aurait préféré un petit mot de Cécile. La traversée de Paris fut superbe par un beau soleil hivernal. Ils firent une halte à Saint Michel pour admirer Notre-Dame depuis les quais et flâner devant les stands des bouquinistes. Puis ils mangèrent un croque monsieur dans une brasserie du quartier latin. Le vrai Paname de cartes postales pour amoureux. Ils reprirent leur traversée de la capitale par les jardins des Tuileries, la place de la Concorde, les Champs Elysées et les tours de la Défense.

Ils s'attendaient à trouver des magasins le long d'une rue mais c'était un énorme centre commercial. Ils se partagèrent les tâches. Cécile irait à la blanchisserie, essaierait de voir la fille et attendrait son retour en faisant du lèche vitrine. Jean-Ro se chargerait de repérer la fameuse maison. Rendez-vous dans une heure.

C'était plein à craquer. Les gens marchaient vite et dans tous les sens. Cécile finit par trouver la boutique. Elle se planqua pour l'observer derrière le dazibao d'un marchant de jeux video. Bingo, c'était bien la pouffe de Béziers. Cécile fut entraînée par la foule. Elle marcha le temps de reprendre ses esprits. Elle avait envie de pisser et pour une fois il n'y avait pas à chercher loin. Voilà l'idée ! Elle lui donnerait rendez-vous dans les chiottes ! Elle griffonna un mot sur une étiquette en carton avec son crayon pour les yeux et retourna à la boutique. Il y avait la queue mais la fille la remarqua tout de suite. Elle tendait le cou, interloquée. Cécile lui remit son message et cracha entre les dents :

- A tout de suite.

Trois minutes plus tard, elle se ramenait. Cécile la suivit dans les toilettes pour femmes et elles se plantèrent devant les lavabos. Une autre vendeuse bonasse se maquillait. Elles se lavèrent les mains comme deux collègues pendant la pause.

- Pourquoi t'es venue chez moi l'autre jour ?

- Je croyais que Fabrice était rentré. Il a laissé tomber Pedro et doit bien se planquer quelque part. J'ai bien compris que tu ne savais rien.

- Mince, où est-ce qu'il peut être, alors ?

- Ma petite, tu te démerdes. En tout cas, ils ne sont pas ensemble.

Elles étaient nerveuses toutes les deux, la fille faisait moins la maline. Elles échangèrent un petit rire idiot. Cécile retrouva le flot des badauds et explora les galeries. Elle n'arrivait pas à fixer son attention sur quelque chose en particulier. Tous les gens savaient où ils allaient et ce qu'ils faisaient. Ils ne se posaient pas le même genre de question.

Elle l'attendit, l'appela au téléphone sans résultat, allait et venait d'un bout à l'autre du centre commercial. Toujours rien après trois heures. Les adresses étaient restées dans la voiture. Elle ne savait pas comment se rendre chez Denis et n'avait même pas son numéro de téléphone. Son appartement était leur seul point de rencontre. Elle repassa devant la blanchisserie, mais la copine de Pedro n'était plus là. On lui indiqua la station du RER et elle trouva bon an mal an son chemin dans le métro jusqu'à la place d'Italie.

Les Janin étaient très embêtés. Denis avait deux amis à Nanterre et il les envoya avenue de la Fontaine de Drolle. Ils essayèrent les deux boutons de sonnette sur la grille mais la maison semblait inoccupée. La voiture de Jean-Ro était garée un peu plus loin. Personne à l'horizon.

Josiane avait tendance à prendre Cécile pour une vraie bécasse.

- Tu as le chic pour larguer tes petits amis.

Cécile ne trouvait pas ça drôle. Elle se réfugia dans la chambre de Solène.

Chapitre 6

La maison hantée de Psychose avait de l'allure mais elle était à l'abandon. Une murette et des barreaux clôturaient le jardinet en friche coté rue. La façade de style art déco était construite en briques et moellons. Un perron desservait le rez-de-chaussée surélevé, surmonté de deux étages. Toutes les persiennes métalliques étaient fermées. Denis prétendait qu'ils avaient assisté à une réunion dans la cave et effectivement Jean-Ro repéra des soupiraux derrière les hautes herbes. Il n'en avait aucun souvenir mais cela se passait certainement la nuit. Il enfonça plusieurs fois les deux boutons de sonnette sans résultat. Une étiquette délavée portait un nom comme Santini ou Santana. En retraversant la rue, il découvrit un passage sur le côté de la maison. La grille était entrouverte. Il s'introduisit, longea le pignon et tomba sur un garage. La porte à panneaux n'était pas verrouillée. Il la poussa, demanda s'il y avait quelqu'un et se glissa à l'intérieur. Il se cogna durement la tête sur une espèce de poutre.

On le portait au milieu des broussailles. Quelqu'un le tirait par les épaules et son pied heurta une bordure en ciment. Il se raidit et deux types le firent asseoir sur les marches. Ils étaient dans le jardin derrière la maison.

- Mais qu'est-ce que vous faites ?

- On t'emmène à l'intérieur.

Deux costauds le saisirent sous les bras.

- Hé… Je suis blessé à la tête.

- T'en fait pas, on va te soigner. Monte l'escalier !

Ils arrivèrent péniblement au deuxième étage et l'allongèrent sur une banquette dans un réduit à haut plafond sans fenêtre. Un des deux types portait une grosse moustache à la Dupont. Il lui tamponna le front avec une serviette humide pour enlever le sang pendant que l'autre fouillait dans son portefeuille.

- T'es flic ? Non ? On va te garder ici. Et fais gaffe, si tu fais le con, on te démonte.

Ils l'amenèrent dans la salle de bains. Il put voir son front ouvert. Ils l'avaient frappé dans le garage et Jean-Ro avait perdu connaissance quelques instants, mais ça n'avait pas l'air trop grave. Il tenta de discuter, mais les types ne voulaient rien savoir. Il devait attendre le patron. C'était le monsieur qui habitait la maison. Il s'expliquerait avec lui. Il eut droit à de l'eau et du chocolat aux noisettes. Les heures passèrent, la nuit tomba, il entendit plusieurs coups de sonnette. Toujours rien.

Il finit par se calmer et somnolait quand les choses se mirent à bouger. Le plus jeune des types, qui était assis dans le couloir, se leva, et Jean-Ro les entendit discuter. Le type à la moustache entra, suivi par un drôle de petit bonhomme aux cheveux blancs. Ils décidèrent de le "monter".

Ils prirent un autre escalier en bois qui menait au grenier. Le volume était vaste et joliment aménagé. Des étagères avec beaucoup de livres, plusieurs tables remplies de bricolages mécaniques éclairées par des suspensions, un coin salon avec deux grands canapés en cuir et une cuisine américaine. Aux poutres étaient suspendus des poêles, des gamelles, des louches et des plats à paella de toutes les tailles. Ils s'installèrent sur les canapés et engagèrent la conversation. Ou plutôt commença un long monologue auquel Jean-Ro n'avait le loisir que de répondre par oui ou par non, car le vieux bonhomme était très bavard. Il roulait les "r" avec un fort accent espagnol.

- Bonsoir, mon ami. Je suis Monsieur Luis Santin. Nous cherchons à comprendre quel homme vous êtes et pourquoi vous avez pénétré dans ma maison. Parce que moi, je n'ai rien à cacher. Vous n'allez pas me dire que vous êtes venu par hasard et que vous ne savez pas qui je suis. Je ne vous croirais pas. En ce moment, mon neveu est recherché par la police. Ah, vous êtes au courant. Vous connaissez Pedro ? J'aimerais qu'il soit avec nous mais ça ne serait pas malin de sa part. Je suppose qu'il se cache. Vous comprenez, je suis arrivé dans ce pays pendant la guerre, et la France, elle m'a tout donné. Alors j'ai honte de ce qu'il a fait. Si je pouvais l'aider, ça oui, je le ferais. Mais je lui demanderais de se rendre à la justice. Il doit défendre l'honneur de son père qui s'est battu pour son pays. Ah, vous êtes l'ami de son collègue ? Je ne crois pas qu'il soit très correct, celui là. C'est certainement lui qui a tué. Vous ne le croiriez peut-être pas, mais tout le monde peut tuer. Mon père a tué. C'était la guerre mais lui aussi ne se croyait pas capable de tuer. Il ne s'en est jamais remis, même si c'était pour défendre sa patrie. Et votre ami s'est évaporé dans la nature pour que Pedro soit accusé. Pedro a de l'honneur. Il ne le dénoncera pas. Mais votre ami est un lâche. C'est mon point de vue. Si vous le protégez, vous portez une lourde responsabilité. Complicité de meurtre. Moi, j'ai tout appris par moi même. Vous voyez ces livres, je les ai tous lus et quand j'ai commencé je ne savais pas le français. Je suis un autodidacte. J'ai appris beaucoup, beaucoup de choses. J'ai étudié des encyclopédies, des ouvrages dans tous les domaines des arts, de la science et des techniques. Et aussi les grands philosophes, les écrivains célèbres. Vous pouvez me rendre visite quand vous voudrez, ma maison est ouverte à tous et je vous enseignerai tout ces savoirs. La connaissance est une belle chose. Je suis un humaniste, je crois à l'avenir de l'homme, à un monde meilleur. Mon neveu, lui, est un idéaliste. C'est dangereux. Le gauchisme est la maladie infantile du communisme, c'est Lénine qui l'a dit.

Le vieux Luis avait toujours le dernier mot. Quand ses hommes essayaient de dire quelque chose, il les sermonnait en espagnol. On a fini par se détendre et mangé quelques saucisses avec de la tortilla. Le vieux cuisinait tout au beurre. Puis on aborda la question de le laisser partir. Le moustachu posa sur la table le portefeuille et le téléphone portable de Jean-Ro. Ils commençaient à se faire une idée claire de la situation. Cécile avait appelé quinze fois et laissé plusieurs messages. On les écouta et Jean-Ro dit que c'était sa femme.

- J'espère que vous dites la vérité, Monsieur Cabanes. Je crois que je peux vous faire confiance.

Tout le monde s'excusa, surtout Jean-Ro pour son intrusion intempestive. On échangea les civilités d'usage. Ouf ! Le vieux ordonna à ses sbires de ramener Jean-Ro à sa voiture. Il faisait nuit depuis longtemps. Comme ils attendaient que jean-Ro démarre, il leur dit qu'il devait d'abord appeler sa femme pour la rassurer. Ils s'éloignèrent de mauvais gré.

Cécile décrocha tout de suite et il raconta sa mésaventure sans trop entrer dans les détails. Elle le couvrit de baisers et lui demanda de revenir vite pour le soigner et pour le repos du guerrier. Jean-Ro avait saisi quelques bribes de conversation en espagnol entre les deux molosses et il ne croyait pas le vieux Luis quand il accusait Fabrice du meurtre de l'otage avec tant d'insistance.

- Ecoute, Cécile, ils ne savent pas où se trouve Fabrice, mais ils ne m'ont pas dit toute la vérité.

Je pense que le moustachu est en relation avec Pedro.

Alors Cécile lui dit qu'il ne fallait pas les lâcher, battre le fer quand il est chaud, fendre l'armure. Et elle avait raison. Jean-Ro était surexcité. Les émotions des dernières heures avaient fait monter son taux d'adrénaline et il avait dans la bouche comme un arrière goût amer de revanche. Il roula jusqu'au deuxième carrefour. En fait c'était un rond point en cul de sac, en attente de futurs branchements, et comme il y avait une banane au milieu de la chaussée on était obligé de repartir dans l'autre sens. Il se gara dans la première rue transversale, le nez face à l'avenue de la Fontaine de Drolle, à cinquante mètres de la maison d'Hitchcock, prêt à bondir.

Il descendit de voiture, s'aventura sur le trottoir et se planqua derrière une camionnette. Il avait un excellent point de vue à travers le pare-brise. Une lumière s'alluma bientôt dans le passage et les deux gars sortirent discuter devant la grille. Le moustachu regardait dans sa direction en brandissant un trousseau de clés. Jean-Ro s'éloigna à quatre pattes derrière les voitures en stationnement. Il avait vu juste. Le jeune retourna à la maison et le moustachu se dirigea vers le véhicule. Le temps de monter dans sa voiture, Jean-Ro ne voyait déjà plus la camionnette. Elle avait pris la première à droite. Il l'aperçut au feu rouge et ralentit. Le moustachu n'était pas difficile à suivre : le trafic nocturne était fluide, sans être nul, et la camionnette n'avait pas de vitre à l'arrière. Mais gaffe tout de même aux rétroviseurs ! Jean-Ro avait un truc pour ne pas se faire repérer : Quand le contact visuel était interrompu, il passait des feux de position aux feux de croisement et inversement, pour faire croire à une autre voiture. Et il avait raison de prendre de telles précautions parce que le gars donnait l'impression de ne pas prendre le plus court chemin, comme s'il craignait d'être suivi.

Au bout d'une vingtaine de minutes, Jean-Ro comprit qu'on arrivait à destination. Le gars se gara sur le parking d'une résidence et il pénétra dans une cage d'escalier. Jean-Ro s'approcha rapidement mais trouva porte close. Alors il surveilla les fenêtres à travers les arbres. Il était tard et la plupart des appartements étaient dans le noir. Une fenêtre s'illumina soudain à l'étage. Si on se fiait aux rangées de boutons de la platine en inox, le quatrième gauche était au nom de Hayat Oussif. Pas très espagnol, mais bon. La lumière s'éteignit au bout de dix minutes. Jean-Ro attendit un peu et décida de rentrer. Deux heures du matin… il tombait de sommeil et ne savait même pas où il se trouvait. Il releva les noms des rues en roulant au petit bonheur la chance et tomba finalement sur une mairie annexe de la Ville de Gennevilliers.

Le lendemain il avait mal au crâne et Cécile revint de la pharmacie avec plein de médicaments pour le soigner. Denis ne travaillait pas et ils restèrent ensemble à fainéanter. Il fallait se remettre de leurs émotions. Nos deux héros inspiraient dorénavant tout le respect de leurs hôtes, d'autant que pour se changer les idées Cécile s'était mise en cuisine.

Jean-Ro n'allait pas se poster jour et nuit devant la cité de Gennevilliers pour filer le type. Surtout pour se retrouver dans un coin perdu où Pedro l'attendrait avec toute une artillerie. Et suivre sa petite amie ne les mènerait pas à Fabrice.

- Elle s'appelle Cathy. C'était écrit sur sa blouse.

Fabrice se retrouvait seul dans la nature. D'après les journaux, il n'était pas identifié. Il ne se méfiait donc pas des flics. Il devait surtout craindre la bande à Pedro. Si les uns ou les autres lui tombaient dessus, ils lui mettraient le meurtre sur le dos.

- Ce n'est pas très rassurant tout ça !

- Oui. Mais nous, on est là.

- Et qu'est-ce qu'on peut faire ?

Josiane rentra du collège avec une piquante anecdote. Quelqu'un avait laissé un message pour elle à la vie scolaire : "Veuillez contacter Antoine au sujet du publiciste." Suivi d'un numéro de téléphone. Ne comprenant pas de quoi il s'agissait, Josiane avait tout de suite appelé et elle était tombée sur une collègue de bureau d'Antoine. Elle ne sembla pas étonnée et alla tout de suite le chercher. Antoine prenait beaucoup de précautions. Il pensait que leurs téléphones étaient surveillés et ne voulait pas aller au devant des problèmes. Il demandait à Denis de prévenir Jean-Ro que les gendarmes n'avaient pas apprécié la course poursuite en sortant de chez lui l'autre soir. Ils ne l'avaient pas identifié formellement mais le recherchaient activement dans le cadre de l'enquête.

Une course poursuite ! Jean-Ro était déjà descendu deux fois remettre des pièces dans le parcmètre. Denis bondit sur lui.

- Viens vite ! Il faut planquer ta caisse au sous-sol !

Il n'était plus question de se balader en voiture à Paris.

Chapitre 7

Pendant que les nanas regardaient Plus Belle la Vie à la télé, les mecs bossaient sagement dans le petit burlingue. Denis et Jean-Ro avaient chacun un ordinateur et ils échangeaient leurs notes sur des feuilles volantes.

- Tu vois, ça n'a pas été difficile de trouver l'avenue de la Fontaine de Drolle à Nanterre parce qu'aucune autre rue ne porte ce nom dans la France entière. Mais des avenues Victor Hugo, il y en a pléthore !

Après celles de Jean-Ro, d'Antoine et de l'oncle de Pedro, il restait cinq adresses à identifier. Ça n'avait pas l'air, mais on les retrouvait partout. On ne voyait pas ce que Fabrice serait allé faire à Dijon ou à Bayonne, mais pourquoi pas, après tout ? Ils faisaient des recoupements entre Google Maps et les Pages Jaunes. Dans certaines villes, le numéro n'existait pas ou correspondait à un bâtiment public. Quand l'adresse semblait pertinente, ils relevaient dans l'annuaire le nom des abonnés. Ils partageaient ainsi des noms de famille et de villes dont Fabrice aurait pu leur parler. Ils ne trouvèrent rien de probant, mais établirent ainsi une liste avec des noms et des numéros de téléphone dans un périmètre géographique raisonnable. Cécile vint leur demander ce qu'ils trafiquaient parce que Josy s'était assoupie dans son fauteuil. Elle éplucha la nouvelle liste et souligna quelques noms sans trop de conviction.

- Vous ne croyez pas que vous vous branlez un peu les cakes, les gars ?

- Ma chère Cécile, la statistique, c'est mon métier. Je passe ma vie à recouper des données et quelque fois ça donne des résultats surprenants.

- Et alors, comment on s'organise ?

- Hé bien demain vous ferez du porte à porte. Si tu veux, Jean-Ro, je te prête ma moto. Cécile peut explorer Paris en métro et toi, écumer la banlieue. Mais vous devrez rester sur vos gardes ! Sur ce, mes tourtereaux, je vais coucher ma grosse.

Toutes ces émotions avaient émoustillé nos deux fugitifs. Ils commencèrent à se tripoter devant l'évier, puis sur le canapé et conclurent dans la chambre de Solène. Cécile bramait comme un veau. Elle réveilla Josiane et du coup tout le monde s'y mit.

- Tu me fais de l'effet, mon lapin.

- J'espère que tu ne penses pas à Fabrice quand tu t'envoies en l'air.

- Je ne pense à rien dans ces cas là. Vous pensez à quelque chose, vous les mecs ? Moi je plane sans chercher midi à quatorze heures. Ca se passe bien, au début. Après, on se rend compte de certaines choses… Fabrice me racontait des cochonneries, par exemple.

- Sans blague...

- J'te jure ! Je n'aime pas ça du tout !

Ils repartirent donc en chasse dès le lendemain matin. Il ne fallait négliger aucune piste pour retrouver Fabrice. Denis avait même imprimé à chacun des cartes de visite avec leur numéro de portable.

- Vous verrez, ça peut être utile. Les gens ne se déboutonnent pas toujours du premier coup.

Cécile avait un plan de Paris avec les lignes de métro, mais elle préférait marcher et demander son chemin aux passants. Parce que question contact humain, dans le métro… Elle finit par trouver une adresse, visita les magasins au rez-de-chaussée et essaya tous les boutons de sonnette. Un immeuble parisien, ça n'a l'air de rien, mais ça fait du monde. Elle laissa trois petites cartes en tout. Une jeune femme accepta avec méfiance d'en prendre une pour se débarrasser d'elle sur le palier. Une vieille dame la fit entrer chez elle, persuadée que Cécile avait perdu son chat.

- Les maris, ce n'est pas comme les matous. Quand vous les retrouvez, il est déjà trop tard.

Et le monsieur très snob de la boutique de décoration laissa tomber sa carte dans un joli petit panier. Il dit qu'il transmettrait.

Ils se retrouvèrent dans un restaurant sur le parvis de Saint Eustache. Décor belle époque et nappes damassées. Le blouson de Jean-Ro était poisseux. Il se changea dans les toilettes et la serveuse rangea son attirail de motard dans le placard à balais. Ils étaient contents de la ballade mais Jean-Ro avait fait chou blanc dans la petite couronne. Cela ne les empêcha pas d'apprécier les pieds de cochon. Et voilà qu'un type appelle Cécile au sujet de l'ami qu'elle recherche.

- Tu vois, mon poulet : J'assure !

- A moins qu'il en ait après ton petit cul...

- Oh hé, lui, qu'est-ce qu'il a, mon p'tit cul ? Y te dérange ?

Elle avait déjà chopé l'accent titi parisien.

Jean-Ro repartit en chasse.

D'un côté de la porte cochère, il y avait la boutique de bonbons et de l'autre le magasin de décoration zarbi. Cécile se planta devant, les mains sur les hanches. Un jeune homme sortit. Il avait une vingtaine d'années, les cheveux gominés à la zazou. Il portait une chemise bouffante, un pantalon moulant et des chaussures pointues.

- Bonjour ! Vous êtes l'amie de Vanessa ?

- Non, et ta sœur ?

- Ha... vous êtes la sœur de Faby ?

- On peut dire ça. Fabrice Charrier, la quarantaine, on parle bien du même ?

- Oui.

Elle sortit sa photo de son porte-cartes. Il acquiesça.

- Et c'est qui, Vanessa ?

- Sa petite amie. Vous êtes flic ?

- Mais non, bordel. Je suis de la famille !

Le monsieur très snob se pointa derrière.

- Tout va bien, Jean-Mi ? Tu vas faire un tour ?

- Oui Monsieur Paul.

Le patron n'aimait pas qu'on fasse le pied de grue devant sa boutique et Jean-Mi amena Cécile dans un petit salon de thé violet qui distillait les mélopées traînantes d'une vieille rengaine juive.

- C'est tranquille, ici. Dans le coin, il n'y a que des bars gays.

Cécile croisa les bras sur la table. Elle suivait avec curiosité le manège des dandys à moustache devant le "Bar à Nénette" juste en face.

- Qu'est-ce qu'on sirote ici ?

- Des jus bio.

Elle expliqua un peu les choses à Jean-Mi. Mais surtout, elle voulait comprendre. Vanessa était la petite amie de Faby. Bon ! Vanessa était bien une fille (elle commençait à en douter). Une fille beaucoup plus jeune que lui. Hé bien ! Fabrice ne s'emmerdait pas à Paris. Jean-Mi savait aussi que ses affaires n'étaient pas très nettes. Il montait des combines avec les jeunes du quartier et les arrosait dans les discothèques. Jean-Mi comprit soudain pourquoi Cécile faisait la gueule. Elle nia vertement :

- Mais non, Jean-Mi. T'y comprends que t'chi. Mon matcho, c'est Jean-Ro.

Jean-Ro, Jean-Mi, c'était un peu facile comme bobard. Il ne la crut pas. Quoi qu'il en soit, ni lui ni Vanessa n'avaient revu Fabrice depuis plusieurs semaines. Cécile voulait-elle rencontrer Vanessa ?

- Non, merci beaucoup ! Mais si vous avez de ses nouvelles, demandez-lui d'appeler Denis. Il a besoin d'un coup de main, parce qu'il est dans une sacré merde.

Jean-Ro tournait en rond porte de la Chapelle. Il rendait visite à des blacks, d'après les noms dans l'annuaire. Peut-être qu'une régresse attendait Faby aussi ? Mais à chaque jour suffit sa peine. Comment Cécile annoncerait-elle cette cochonnerie à ses amis ? Et affronter leurs sarcasmes. Elle marcha droit devant elle, la mine hagarde. Des bourgeoises se garaient en double file et balançaient des cartons à chapeaux sur la banquette arrière de leurs Mini Cooper. Sans s'en rendre compte, Cécile se tapait trois kilomètres de boutiques de luxe rue Saint Honoré. Elle marcha jusqu'à la tombée de la nuit. Avenue Montaigne, une indonésienne lui mit sous le nez une liasse de gros billets. Elle lui demandait d'acheter pour elle une sacoche à trois mille balles.

- Les étrangers n'ont droit qu'à deux articles. S'il vous plait madame.

Les hôtesses de chez Vuitton vérifièrent sa carte d'identité et la servirent avec condescendance. La chinoise se jeta sur elle à la sortie. Elle lui demandait de rendre la monnaie. Cécile lui fit un doigt d'honneur et garda les vingt euros pour sa peine. Deux types déboulant d'un 4x4 noir stationné en face s'emparèrent du sac. La chinoise implorait :

- S'il vous plait madame.

Dégoûtée, Cécile s'enfuit d'un bon pas vers une station de métro.

L'appel de Jean-Ro la sortit de son hébètement.

- Ecoute, j'en ai marre de cette ville de bargeots. Viens me chercher.

Denis et Jean-Ro sortaient l'auto pour remettre la moto au fond du garage.

- Prends un café, j'arrive !

Chapitre 8

Ils roulaient tranquillement en s'arrêtant à tous les feux rouges. Jean-Ro ramenait Cécile Place d'Italie.

- T'es con d'avoir pris la bagnole. Au premier contrôle, on se retrouve au ballon.

- On serait soulagés, pas vrai ? A moins qu'ils nous tirent dessus, à force de jouer aux gendarmes et aux voleurs.

- En attendant, on fait leur boulot. Si ça se trouve, ils nous suivent pour qu'on les mène à l'assassin.

- Au fait, qu'as-tu appris sur Fabrice ? Tu avais l'air bouleversée.

- C'est un beau salop et on est trop cons de vouloir l'aider.

Elle lui brossa le tableau. Son récit était au point après toutes ces heures à ruminer. Verdict sans appel...

- Je suis désolé, Cécile.

- Ouais ! Tu crois que je ne m'en doutais pas un peu ?

- Mais si, bien sur.

- Dis tout de suite que tu me prends pour une conne !

- Heu, mais non, je voulais dire : pas du tout, voyons, Cécile. Et puis ce ne sont que des ragots. Qu'en sais-tu, s'il couchait vraiment avec cette fille ? Tu vois, au lieu de courir après Fabrice, on ferait peut-être mieux d'aider les flics à attraper Pedro.

- C'est une idée complètement débile ! Ils les mettent tous les deux dans le même sac.

- C'est quand même un type dangereux pour la société !

- La société je m'en fous. Pedro peut bien faire sauter la planète…

- Une vraie gauchiste !

- Ça vient de sortir ! Ecoute, vos histoires de politique, c'est de la daube. L'important c'est d'être en harmonie avec soi-même. Il a compris ça, Mister Faby. Si seulement il m'avait mise au parfum ! Ça le faisait bander de pleurer misère dans mes bras après avoir tout flambé dans les boites de nuit.

- Au fait, Denis et Josiane nous invitent pour le week-end dans leur maison de campagne à Joigny. Tu verras, c'est très sympa.

- Tu connais ?

- J'ai vécu cinq ans là bas. On était au collège ensemble. Et quand ses parents ont déménagé à Paris, Denis organisait des bringues dans la baraque avec ses copains de fac.

Ils se levèrent tôt pour éviter les bouchons. Le temps était maussade mais on avait quand même prévu un barbecue. Denis et Jean-Ro ronflaient à l'arrière dans la Mégane de Josiane. Jean-Ro ouvrit un œil quand la voiture ralentit au péage.

- Mmm… Ça sent bon la Bourgogne !

Alors les deux hommes se fritèrent pour de faux en gueulant comme à la sortie du bahut.

Josiane arrêta la voiture dans une ruelle aux vieux pavés moussus. Denis tourna la clé, un grand sourire aux lèvres. Ils pénétrèrent dans le couloir obscur à la file indienne, chacun portant son sac de voyage dans les bras. Josiane poussa la porte de la cuisine.

- Il y a une drôle d'odeur ici !

La table était couverte de vaisselle sale et de boites de conserve vides.

- Qu'est-ce qui s'est passé là dedans, Josy ? Tu as laissé la maison comme ça ?

Ils entendirent un craquement à l'étage. Denis écarta Cécile, qui était devant la porte. Elle tomba sur le cul dans l'entrée. Denis l'enjamba dans le noir et courut au fond du couloir. Il reçut en pleine poire une silhouette qui dévalait l'escalier. Ils se débattaient et Jean-Ro pointa la torche de son téléphone.

- Pedro, c'est Pedro !

Josiane brandissait déjà une poêle à frire. Le type s'immobilisa. Josiane releva Cécile et la poêle heurta violemment le sol. La porte sur la rue s'ouvrit en même temps derrière eux.

- C'est vous, m'sieur Janin ? Vous voulez un coup de main ?

Le voisin des Janin se tenait à contrejour dans l'encadrement de la porte.

- Oui, oui, c'est nous, Lucien. On arrive à l'instant. On viendra vous saluer tout à l'heure !

Denis poussa tout le monde dans le petit salon.

- Ouvre les volets, Josiane, s'il te plaît.

Il poussa Pedro sur le canapé.

- Qu'est-ce que tu fous là ?

Cécile s'appuyait sur Jean-Ro pour remettre son escarpin au pied.

- Surtout ne bouge pas !

Pedro fouillait dans son pantalon. Il avait un flingue coincé dans la braguette. Denis bondit sur lui et arracha l'arme. Pedro fit des deux mains un signe d'apaisement.

- Ne craignez rien, il n'est pas chargé.

Denis mena l'interrogatoire. Pedro avait battu la campagne un moment en faisant du stop et en dormant dans les bois. Il se planquait là depuis trois ou quatre jours. Il s'était introduit dans la maison en passant par le jardin et attendait que quelqu'un vienne le chercher.

- Mais tu n'es jamais venu ici…

- Un copain m'en a parlé.

- C'est Fabrice. On connait toute l'histoire. Il doit te retrouver ici ?

Le regard de Pedro se perdit dans le vague.

- Non. On est partis chacun de son côté.

Il donna sa version des faits. Le coup avait été minutieusement préparé, mais quand les vigiles avaient riposté, Fabrice s'était carapaté. Pedro s'en était sorti en braquant son arme sur un passant. Ils s'étaient retrouvés dans la bagnole.

- Et vous l'avez tué.

- Non. Je suis descendu le premier.

- Tu veux dire que c'est Fabrice ?

- Je n'en sais rien, je vous dis. Ils ont continué tous les deux en voiture. De toute façon, il est peinard. Personne ne sait qui c'est.

- Bien sur que si ! Ils le recherchent aussi ! Ils ont dû vous voir ensemble.

Jean-Ro prenait la relève en vociférant.

- J'ai rencontré ton oncle à Nanterre. C'est le gros moustachu qui viendra te chercher ?

- Vous n'avez pas à vous mêler de ça. Je dois me poster tous les soirs au carrefour. Personne ne viendra ici.

Ils s'organisèrent pour passer un weekend à peu près normal. Chacun avait intérêt à maintenir le statut quo. Denis cacha le flingue et installa le barbecue dans le jardin. Il avait toujours de gros pullovers qui grattent pour les invités. Le fugitif regardait la télévision au salon.

Le soir, ils étaient invités chez une vieille connaissance. Un ponte de la psychologie du couple. Son épouse était peintre. Tout le monde se tutoyait et ils accueillirent la petite amie de Jean-Ro à bras ouverts. Denis en avait dit grand bien... La fermette était perchée au sommet d'un vallon engazonné entouré de grands chênes. Les vaches paissaient en contrebas au bord de la rivière. Cécile était enchantée. Rebecca lui faisait découvrir la maison et ses dernières créations pendant que les hommes cherchaient du bon vin à la cave. Un autre couple d'un certain âge se réchauffait déjà devant la cheminée. Josiane leur tint compagnie. Le gros bonhomme était commissaire de police à la retraite et il adorait raconter toutes sortes d'histoires macabres avec beaucoup d'humour. Il avait couronné sa carrière au quai des Orfèvres et c'est là qu'il avait connu Alban, psychologue expert auprès des tribunaux.

Les affaires les plus intéressantes tenaient à la psychologie complexe de l'assassin. Il y avait chez le grand criminel une dichotomie profonde. On ne le trouvait jamais où on l'attendait. Certains menaient de front trois ou quatre vies parallèles.

Cécile les rejoignit et pensa à Fabrice. Elle lançait à Jean-Ro des œillades appuyées. Mais il ne fallait surtout pas vendre la peau de l'ours.

Denis posa bruyamment les bouteilles sur la table pour détourner la conversation et demanda à Alban comment il voyait le couple que formaient Cécile et Jean-Ro. Tous les regards se tournèrent vers eux. Le professeur courba son grand corps d'épicurien, leur dévoilant un large crâne chauve. Puis il se déploya lentement pour trouver l'inspiration.

- Je pense à cette extraordinaire toile de Rebecca. Les demi-cercles en dégradés de couleurs représentent Cécile. Ils se fondent dans la moiteur d'une brume légère : C, c, c, Cécile. Le grand C inversé et plus sombre, c'est son bras qui rejette une alliance ancienne... Pour Rebecca, Dalila tient le scalp de Samson après avoir percé son secret. Les formes carrées, les forces que vous voyez à droite représentent Jean-Ro. On distingue nettement les J et les R : J, r, j, r... Le Justicier Relationnel, le philistin. Il tend le grand J de la justice vers Dalila qui crèvera les yeux de ce sale menteur de Samson. Tous deux flottent dans une bulle et ils sont insensibles aux vicissitudes de la société humaine...

L'assemblée applaudit avec délice. Cécile et Jean-Ro, séparés par le gros commissaire, tendaient spontanément les bras l'un vers l'autre.

Le Suppléant

Chapitre 9

La maison de Denis semblait vide à leur retour. Pedro poireautait sans doute au carrefour. On laissa la porte-fenêtre entrouverte au cas où il aurait la mauvaise idée de rentrer et chacun s'enferma dans sa chambre. Au petit matin, Cécile entendit le parquet craquer dans le couloir et elle se dressa sur le lit.

- C'est Josy ! Je n'arrive pas à dormir.

Cécile lui demanda s'il était revenu.

- Je vais voir. Mais je ne me laisserai pas faire. Je vais lui dire de foutre le camp.

Il semblait que l'oiseau se soit envolé. Josiane fit un grand ménage et porta les ordures au container. Elle fit du café.

- Je trouve ça extraordinaire ! Vous débarquez chez nous et maintenant, on retrouve ce gars installé ici.

- Ecoute, on n'y est pour rien…

- Je sais bien. Dis moi, c'est quoi, ton histoire avec Fabrice ?

- Hé bien, je l'ai rencontré à une fête chez une copine, il m'a draguée et il s'est débrouillé pour me revoir après. On a baisé pendant quinze jours et il passe régulièrement chez moi depuis trois ans. On n'a jamais eu une véritable relation.

- J'ai vécu ce genre d'histoire pendant longtemps. La fragilité des sentiments, ça peut être excitant. Parce que quand il n'y a plus de crainte, les rapports sont ternes. Denis, je le connaissais depuis plus de dix ans avant qu'on se mette ensemble. Il était marié et je n'imaginais pas qu'on puisse avoir une aventure. Je le trouvais même un peu falot avec sa moustache. C'est Fabrice qui t'a présentée à Jean-Ro ?

- Ha ha ha ! Pas vraiment. Mais c'est vrai que je l'ai connu par Fabrice. On s'est croisés une fois dans la rue mais il ne m'a pas remarquée. Fabrice ne voulait plus rien avoir à faire avec ce petit merdeux. Je crois qu'il le jalousait alors que Jean-Ro l'admirait beaucoup. Mais il n'a pas supporté que Jean-Ro s'installe à Béziers, SA ville !... Si je lui demandais pourquoi on ne se voyait pas, c'était comme si je trahissais ma race ! Quand Fabrice a disparu, j'ai tout de suite pensé à lui. Les copains de Fabrice ne bronchaient pas. En tout cas, Fabrice ne m'aurait jamais demandé de faire appel à Jean-Ro en cas de coup dur !

- Peut-être parce qu'il sentait en lui un rival.

Denis descendit à son tour. Il avait une migraine épouvantable. Le Bourgogne l'avait fracassé.

- Il est parti ? Super !

On ferma les volets et tout le monde se rendormit.

Ils ne pouvaient pas rester indéfiniment chez Denis et Josiane. Leur séjour avait été instructif mais à quoi bon tenter le diable plus longtemps. Ils prirent la route dans la nuit et arrivèrent à Béziers en début d'après-midi. Jean-Ro déposa Cécile et fila à Corneilhan. Ils étaient claqués. Chacun avait envie de se retrouver chez soi.

La porte d'entrée avait été forcée et verrouillée par un curieux bricolage. Jean-Ro fit le tour de la maison et passa par le cellier. Ses affaires étaient toutes retournées. On avait laissé sur la table du salon une lettre du Procureur de la République ordonnant en son absence la perquisition du domicile de Monsieur Jean-Roger Cabanes dans le cadre d'une enquête de flagrance pour criminalité organisée. Ses doigts tremblèrent en cherchant dans sa chambre le Post-It sur lequel le commissaire Paulin avec noté son numéro personnel. Il s'allongea la tête vide et sombra dans un sommeil paradoxal. Il se réveilla vers dix-sept heures et appela les gendarmes. On lui demanda de ne pas bouger. On viendrait le chercher. Il ne prévint pas Cécile. Une heure plus tard il était conduit à l'hôtel de police. On l'amena rapidement dans le bureau du commissaire.

- Hé bien, Monsieur Cabanes, vous avez de la chance de tomber sur moi. Et que vous ne me soyez pas tout à fait étranger. On ne vous gardera peut-être pas toute la nuit, mais je ne garantis rien. J'ai plutôt joué en votre faveur jusqu'ici, mais vous avez affaire à des coriaces à Paris, et ils attendent les bonnes réponses. Alors je vous écoute. Qu'est-ce que vous êtes allé faire à Paris ?

- …

- Réfléchissez bien.

- Je cherchais Fabrice Charrier.

- Vous étiez seul ?

- Non. J'y suis allé avec Cécile Pingeot.

- Et qui avez-vous rencontré ?

- Antoine Bourrel.

- C'est un ami de Fabrice ?

- Non, pas vraiment. Mais on se connaissait tous à l'époque.

- Vous voulez dire que vous ne vous étiez pas revus depuis ?

- Non, absolument pas.

- Alors pourquoi avez-vous débarqué chez lui ?

- Parce que c'est un ami et qu'il avait un doute.

- Quel doute ?

- A propos d'une autre personne que connaissait Fabrice.

- Qui ?

- Pedro Guttierez.

- Ah, nous y voilà ! Et quel rapport a-t-il avec Fabrice Charrier selon toi ?

- Justement. Il fallait qu'on en discute.

- Je ne te le fait pas dire ! Nous sommes au cœur du sujet. Si tu as aidé ton copain à trouver une planque, il faut nous le dire tout de suite, tu m'entends ?

- Mais non ! On ne sait pas où il est.

- Et Pedro, tu ne sais pas où il est non plus ?

- C'est Antoine Bourrel qui nous a appris l'histoire du fourgon blindé. Mais il n'en sait pas plus.

- J'aimerais te croire… Et qui d'autre avez-vous rencontré à Paris ?

Un inspecteur était entré dans la pièce et s'était assis à distance sans dire un mot. Jean-Ro le regarda un moment en cherchant sa réponse.

- Hé bien, heu… on a donc vu Antoine, qui nous a parlé de Cathy, la petite amie de Pedro. Elle pense qu'ils auraient pu faire le coup ensemble.

- Tu parles d'un scoop ! Elle s'est bien gardée de nous le dire, la Cathy !

- Mais c'est vous qui nous avez mis la puce à l'oreille.

- Je ne t'avais même pas parlé de Pedro !

- Vous l'avez dit au père de Fabrice.

- Tu a réponse à tout…

Le type sur le coté s'approcha et mit la main sur l'épaule de Jean-Ro.

- Et pourquoi t'es-tu enfui quand mon collègue t'a pris en filature ?

- Je ne me suis pas enfui ! On croyait que c'étaient des malfrats qui nous couraient après.

Jean-Ro s'effondra sur lui-même. Il avait du mal à reprendre sa respiration. Il était complètement déstabilisé et pensa qu'il ne tiendrait pas le coup à raconter des craques. Quand il releva la tête, le commissaire Paulin le regardait droit dans les yeux.

- Allez, on reprend depuis le début. Qu'est-ce que tu as oublié de me dire ? Qu'avez-vous fait après ?

- On s'est baladés dans Paris.

- Hum… Tu veux me faire croire ça. C'est assez cocasse. On va tout de même vérifier. Et je serais bien étonné que Mademoiselle Pingeot nous raconte la même chose !

Cécile était maintenant pour tout le monde la petite amie du complice présume dans l'affaire du fourgon blindé. Deux flics chargés de l'enquête sont descendus de la capitale le lendemain matin et ils les ont cuisinés toute la journée. Ils ont bien été obligés de raconter leur équipée parisienne par le menu.

Dans l'après-midi, Denis fut arrêté à son boulot et emmené à Joigny avec une équipe d'experts, à la recherche d'indices. La complicité du vieux Luis dans la cavale de Pedro était évidente. Le moustachu, qui était le cousin de Pedro, avait disparu dans la nature. Dans l'appartement de Gennevilliers vivaient deux marocains sans papiers. Ils travaillaient pour lui. Ils furent discrètement surveillés, mais comme ils ne sortaient jamais de l'appartement, on les arrêta pour les interroger. Les flics surveillaient également Jean-Mi et la bande du Marais dans l'espoir de tomber sur Fabrice.

Les inspecteurs se radoucirent avec Jean-Ro au bout des vingt quatre heures de garde à vue. Tout compte fait, ses révélations concordantes avaient fait avancer l'enquête. Mais Cécile fut mise en détention provisoire. La presse auraient fait ses choux gras de sa libération. A la tombée de la nuit, ils ramenèrent Jean-Ro chez lui dans une voiture banalisée. Ils lui avaient mis un capuchon sur la tête et interdit de téléphoner ou de parler de l'affaire à qui que ce soit.

Chapitre 10

On le déposa devant son portail et il tâtonna au clair de lune en se prenant les pieds dans le tuyau d'arrosage pour arriver jusqu'au cellier. Le Juge d'instruction enverrait un serrurier et un huissier pour lui faire signer une décharge. Il s'assit dans le noir à la table de la cuisine et décapsula une bière. Il était complètement vidé et amer d'avoir laissé Cécile livrée à son propre sort. Qu'avait-elle raconté à la police et de quoi pouvait-on l'inculper ? Ils avaient complètement déconné tous les deux mais Jean-Ro était quand même fier de leur expédition. Si c'était à refaire, il aurait agi exactement de la même façon. Il appela Joseph le lendemain matin pour savoir s'il devait venir travailler.

- Alors comme ça je ne vous paie pas assez cher ? Vous en êtes réduit à attaquer des fourgons blindés ? Déjà que vous sortiez avec une pute, j'aurai dû me douter que vous étiez un gangster. Vous savez, Jean-Ro, je commençais à me demander si je devais vous remplacer. Venez demain à huit heures et on verra ce qu'on peut faire.

Jean-Ro dormit très mal, le silence de sa chambre était assourdissant. Il se pointa au boulot avec sa barbe de trois jours. Contre toute attente, Jojo lui fit un accueil triomphal. Le Midi Libre était ouvert sur son bureau : Jean-Roger Charrier, justicier des temps modernes, avait fait avancer l'enquête au péril de sa vie. Les inspecteurs étaient sur la bonne piste et l'issue de l'enquête approchait. Sacré commissaire Paulin ! Les complices des malfaiteurs étaient déjà sous les verrous grâce à une parfaite collaboration entre les différents services de police. Cécile n'était pas citée nommément, mais elle faisait partie des coupables. Jean-Ro voulut la défendre mais son patron l'arrêta net en agitant ses grosses paluches.

- C'est bien parce que les flics m'ont demandé de ne rien dire !

Jean-Ro faisait le mort comme on lui avait demandé. Il restait au bureau toute la journée et s'enfermait le soir dans la maison sans allumer la lumière. Aurélie et José vinrent plusieurs fois gratter à la porte. Ils voulaient le faire parler, mais Jean-Ro s'en tenait à la version des journaux qui s'empilaient sur la table du salon. La mère de Cécile avait pu lui rendre visite à la prison du Gasquinoy. Elle tenait au courant Madame Perez. Sa fille était en bonne forme, elle espérait une libération prochaine. Mais madame Pingeot ne voulait plus entendre parler de Jean-Ro, ce petit prétentieux qui l'avait entraînée dans cette galère et s'en glorifiait dans les journaux. C'était d'ailleurs la ligne de défense de son avocat. Aurélie et José ne savaient pas sur quel pied danser.

Le lendemain, Jean-Ro tenta de joindre le commissaire Paulin. Il se demandait s'il ne devait pas prendre lui aussi un avocat. Au moment de quitter le bureau, on lui passa l'Hôtel de Police.

- Ne vous mêlez de rien pour l'instant, Superman. A moins que vous n'ayez de nouvelles déclarations fracassantes à nous faire ! Tenez-vous à carreau jusqu'au procès. Vous serez cité comme témoin. Il se peut que les fuyards vous mettent en cause quand on les attrapera. Mais pour l'instant, je vous couvre. Ces messieurs de Paris ne s'intéressent plus à vous. Je crois qu'ils font assez de misères à votre petite amie.

Après quinze jours de détention préventive, le procureur de la République de Bobigny ordonna la mise en liberté provisoire sous contrôle judiciaire de Cécile. Le Service Régional de la Police Judiciaire de Seine-Saint-Denis et la Brigade de Répression de la Délinquance aux Personnes faisaient nettement baisser la pression sur elle.

L'enquête progressait, on suivait le moustachu à la trace et les recherches portaient sur un réseau de petits délinquants en lien de longue date avec le jeune espagnol. Les deux marocains étaient suspectés de relations avec un réseau islamiste ténébreux, mais les associations de soutien aux sans papiers commençaient à prendre leur défense. Leur rôle semblait limité à de simples contacts pour alimenter le trafic d'armes transsaharien avec une partie du butin. L'étau se resserrait autour de Pedro, mais aucune nouvelle de Fabrice.

Les jeunes messagers des Perez annoncèrent à Jean-Ro que Cécile serait libérée le mardi suivant. Les témoignages concordaient entre Paris et Béziers. Jean-Ro fut autorisé à appeler ses amis. Il profita du week-end pour reprendre contact avec Denis. Josiane était au bout du fil :

- Oui oui, Jean-Ro. On a drôlement accusé le coup. Denis a passé une journée éprouvante à Joigny. Enfin, l'abcès est crevé et nous sommes mis hors de cause. Vous avez bien fait de tout dire à la police. Non, on ne t'en veut pas. Elle est chouette, ta Cécile, on a passé de bons moments ensemble. Tu sais qu'ils ont retrouvé une clé derrière le canapé ? Elle ne serait pas à vous, par hasard ?

- Heu, non, je ne sais pas. Je demanderai à Cécile. Elle sort la semaine prochaine, en principe.

- Je suppose qu'ils lui ont déjà posé la question. J'avais fait un gros ménage la semaine précédente et même déplacé le canapé. Je l'aurais remarquée. C'est sûrement Pedro qui l'a perdue.

- Ah, bon ! Moi, ils ne m'en ont pas parlé. Mais ils aiment bien ce genre de traquenard.

- Cécile a oublié son écharpe sur la chaise de votre chambre. Au fait, vous n'aviez pas entendu du bruit quand on est remontés se coucher ? Parce que Denis a retrouvé la jarre renversée à coté de la porte fenêtre. Pedro a dû essayer de rentrer au petit matin, mais comme on avait mis la barre de sécurité aux volets, il est resté dehors. Denis voulait te demander autre chose, mais je ne sais plus quoi.

- Encore merci pour votre accueil, Josiane, et je suis vraiment désolé pour tous ces désagréments. Pedro est devenu un drôle de zigoto. Il était plutôt sympa dans le temps et on se marrait bien quand il venait à l'imprimerie. J'ai essayé d'évoquer le bon temps avec lui à Joigny, mais il n'en gardait pas un si bon souvenir. Quand on revoit les gens longtemps après, on est parfois surpris comme les souvenirs divergent. Et dans ce cas, je me dis qu'on ne devait pas être de si bons amis.

- Il a eu un drôle de parcours, tu sais. Quand il a su que j'étais prof, il m'a raconté comment ça s'était mal passé pour lui à l'école, alors que son père fondait de grands espoirs sur lui.

- Vous me faites toujours marrer, à tout expliquer par les problèmes sociaux.

- Mais c'est pourtant vrai !

Antoine et Chloé vivaient toujours dans l'angoisse. Les flics les avaient continuellement harcelés après la fuite de Cécile et Jean-Ro. Antoine était resté toute la nuit au poste, mais il ne savait vraiment pas où étaient allés ses amis. Et Cathy les avait menacés de tous les maux parce que cette fouille-merde de Cécile était passée à la blanchisserie. Voila ce que ça rapportait de tendre la main aux gens en difficulté. Et franchement, ce n'était pas très glorieux de la part de Jean-Ro de dénoncer aussi lâchement ses vieux copains…

Jean-Ro fit son mea culpa auprès d'Antoine. Celui-ci était en colère, mais il se radoucit au bout d'un moment pour demander comment diable ils avaient pu passer un week-end tranquille à Joigny en compagnie de Pedro. Il ne croyait pas au hasard et s'étonnait que les flics aient pu gober ça.

- Sacré Jean-Ro, va ! J'admets que tu ne veuilles pas me dire toute la vérité.

Pour changer le cours de la conversation, Jean-Ro lui parla de cette histoire de clé.

- Hé bien, que veux tu ? Il a oublié sa clé et voila tout ! De toute façon, maintenant, elle ne risque pas de lui servir à grand chose…

- Selon Josiane, les flics ont essayé toutes les portes et ils ne savent pas à quoi elle correspond. Tu comprends, ils espèrent toujours que ça les mène quelque part.

- Et à quoi elle ressemble cette clé ?

- Aucune idée. Mais si elle ouvrait ton appartement, les flics le sauraient depuis longtemps ! Elle appartenait peut-être à l'otage.

- L'inspecteur Cabanes mène l'enquête !

Cécile fut libérée en fin d'après midi mais sa mère ne la lâchait plus. Elle voulait qu'elle passe au moins une nuit en famille pour se remettre de ses émotions. Cécile implorait Jean-Ro au téléphone:

- Mon chéri, attend moi ! Je serai chez toi demain...

Et Jean-Ro entendait derrière elle toute la famille protester. Il était un peu vexé mais pour rien au monde il ne serait allé chercher sa belle chez les Pingeot. Qu'ils aillent se faire foutre ! Il passa la soirée chez Gaël, un célibataire endurci, queutard et fêtard, qui ne s'intéressait absolument pas aux faits divers.

Chapitre 11

Cécile se pointa au petit matin, fraîche et pimpante. Elle se glissa dans son lit. A midi, ils réchauffaient les plats cuisinés de Madame Pingeot. Elle lui raconta ce qu'elle avait appris.

- Tu sais, la police a exploité le relevé. "BNP Laglière," en fait, ça se trouve à Pigalle. Fabrice a retiré de l'argent vers onze heures du soir. Il aurait passé la nuit dans un cabaret de travestis. C'était exactement la veille de l'attaque. Depuis, ils recherchent les gens qui se trouvaient avec lui. En tout cas, ce n'était pas la bande à Jean-Mi… Au fait, je voulais te demander : Je ne leur ai jamais parlé de la liste d'adresse. Elle était restée dans ta voiture et je n'avais pas envie de m'étaler là dessus. Tu leur as raconté ? Non ? Apparemment, Denis et Antoine non plus. C'est peut être la seule piste qui n'ait pas été complètement exploitée. C'est bête, non ?

- Tu ne voudrais pas qu'on reparte en cavale ?

- Non non, mon chéri, on en a assez fait !

- De toutes façons, je l'ai brulée avec le reste de la paperasse le soir de notre retour, avant d'appeler le commissaire… J'avais peur que ça nous enfonce un peu plus.

Le portable de Cécile sonna. Marie Pierre les invitait tous les deux à dîner. Elle insistait. Il fallait les soigner aux petits oignons.

- Bon, dis donc, comment on s'organise ? Tu veux t'installer chez moi ?

- Les flics planquent rue du Cimetière Vieux. Ils espèrent toujours que Fabrice débarque chez moi et je n'ai pas envie de m'y trouver à ce moment là. Ce n'est pas que je tienne tellement à vivre avec toi, mais pour l'instant, je n'ai pas trouvé de meilleure solution, mon pauvre !

- Super ! A tous les deux, on résistera comme à Fort Chabrol.

- En plus, la voisine risque de me casser les pieds. Au fait, tu sais, la clé qu'ils ont retrouvée à Joigny. Tu n'es pas au courant ?

- Si si, bien sûr, Josiane m'en a parlé.

- Ils me l'ont montrée en photo et je me suis demandé si ce n'était pas la clé de Fabrice. Il avait un double de mon appartement, mais elle n'était pas pareille que la mienne. Si ça se trouve, Pedro avait la clé de chez moi !

- Et pourquoi Fabrice lui aurait donnée ?

- Je ne sais pas.

- Mais c'était ta clé ou pas ?

- Je te dis que je n'en suis pas sûre.

On n'allait se fâcher à cause de ce genre de détail. Ils décidèrent de faire le tour des vignes pour grappiller les derniers raisins. Ils marchaient bras dessus bras dessous sur un chemin de terre quand ils tombèrent sur le père de José qui bricolait son tracteur.

- Alors, les amoureux, on savoure sa liberté ? José se passionne pour votre aventure, vous savez. Au lieu de se prendre la tête avec ses jeux, il écrit toute votre histoire sur l'ordinateur. Il prétend qu'il va retrouver le meurtrier. Fabrice est un gars du pays, pécaïre, ce n'est surement pas un mauvais bougre !

Ils se rendirent chez Cécile pour prendre quelques affaires. Sa mère avait fait le ménage et remis les meubles en place. Cécile n'arrivait pas à se concentrer. Jean-Ro lui dit que de toute façon, ils pourraient revenir à tout moment. Mais elle se posait des questions embarrassantes. Ils restèrent un bout de temps assis sur le sofa sans rien dire.

- Tu es sûr que je peux m'installer chez toi ?

- Mais bien sûr, je te dis. De toute façon, ce n'est pas une option définitive. Maintenant, si tu préfères coucher chez ta mère…

- Non, merci. Franchement !

Ils s'embrassèrent. Evidemment, la voisine du rez-de-chaussée avait laissé sa porte grande ouverte au pied de l'escalier. Quand elle les entendit, elle accourut.

- Ah, mademoiselle, quelle histoire ! Ils vous ont relâchée ? Vous savez, on l'attend tous dans la rue, votre gars, parce que les gendarmes ne sont pas très futés. Alors vous partez ? Il vous faisait des misères, hein, ce petit voyou. Vous ne voulez pas vous trouver là quand ils vont l'attraper !

La garce ne se gênait pas pour regarder tout ce qu'ils emportaient dans le coffre de la voiture. Elle voulait savoir où Cécile allait, mais elle en fut pour ses frais.

Marie Pierre avait aussi invité Judith, une amie commune qui mit le grappin sur Jean-Ro dès leur arrivée. Elle était très excitée et lançait des "Ha, la, la !" à tout bout de champ. Cécile suivit Marie Pierre dans la cuisine pour préparer l'apéritif. Judith tirait déjà ses conclusions :

- Alors vous partez chercher Fabrice et vous tombez amoureux de Cécile ! Ha, la, la ! Les flics vous ont arrêté pour complicité ! Vous savez, mon copain Brice est avocat, il pourrait vous défendre. Ha, la, la, il connait beaucoup de monde. Il dit que Fabrice vous fera plonger pour obtenir les circonstances atténuantes. Fabrice, je le connais, c'est le roi des rembobineurs. Ha, la, la, Il essayé avec moi, mais j'ai vite compris. Il montait de ces plans ! Je me demande comment Cécile a tenu si longtemps.

Marie Pierre connaissait le caractère passionné de Judith. Elle la prit par le bras avec indulgence.

- Et la victime, alors ? Personne n'a réclamé l'otage ? C'est incroyable qu'ils n'arrivent pas à l'identifier. L'autre jour ils disaient à la tété que le cadavre était peut-être celui d'un troisième complice.

- Ha, la, la !

- L'avis de recherche n'a rien donné. Des fois, ça peut prendre du temps. Et puis tellement de gens vivent seuls sans que personne ne s'en occupe.

- Ha, la, la ! Une mémé était crevée depuis six mois dans mon quartier. C'est l'huissier qui l'a découverte parce qu'elle ne payait plus son loyer.

Heureusement, le cake aux olives arriva joliment découpé, et Marie Pierre planta dessus une fontaine scintillante.

- Tous mes vœux de bonheur à nos deux héros !

Chapitre 12

Pedro fut arrêté trois jours plus tard à Tours. Ses comparses avaient mené les enquêteurs à sa planque. Jean-Ro se demanda si l'adresse était sur la liste, mais de toute façon elle n'était pas précisée dans les journaux. Comme on pouvait s'y attendre, Fabrice ne faisait pas partie du lot. Pedro fit porter le chapeau à un de ses complices sans donner son nom.

Cécile évitait le sujet. Elle aurait bien aimé oublier cette affaire mais son avocat la ramenait toujours à l'actualité brulante. Il était furieux qu'elle loge chez Jean-Ro. Cela compliquerait la défense. Mais de quoi se mêlait-il, ce baratineur, à lui faire tout le temps la morale ?

Denis téléphona enfin pour avoir des nouvelles. Il était très occupé et s'excusa d'avoir attendu si longtemps.

- J'avais besoin de prendre un peu de recul.

Cette histoire avait contrarié ses projets. Il n'était pas mis en cause comme Antoine, mais il ne pouvait plus faire de chroniques à la télé. Une question le taraudait et il la formula avec un luxe de précaution.

- Au fait, ils ont retrouvé Pedro grâce aux renseignements que Cécile leur a donné ?

De quoi voulait-il donc parler ? Jean-Ro comprit à ses périphrases alambiquées que Denis craignait d'être sous écoute.

- Non, tu sais, elle n'avait aucun élément exploitable.

- Parce que, vois-tu, ils ont passé des heures à reconstituer avec moi toutes les conversations que nous avons eues à Joigny, au cas où Pedro aurait laissé échapper un indice. Tu sais, au bout d'un moment, j'en ai eu tellement marre que je leur ai demandé s'ils ne croyaient tout de même pas que Pedro nous avait laissé une liste d'adresses...

- Ahhh !... Ho ben non. Nous non plus, on n'avait rien de tel. Ni moi ni Cécile, d'ailleurs… Je comprends. L'interrogatoire a dû être vraiment pénible.

- Voila, voila ! On ne pouvait pas imaginer qu'il était parti à Tours.

- On n'a rien retrouvé… et il parait que le téléphone portable saisi chez Cécile n'avait plus de carte à puce.

- Ha bon ? Alors n'en parlons plus.

Pas un mot d'encouragement à propos de Fabrice. Denis ne pensait qu'à assurer ses arrières.

Le lendemain matin, les choses prirent une mauvaise tournure. Les gendarmes vinrent chercher Cécile à son travail. Elle avait le droit de passer un seul coup de fil à sa famille mais préféra appeler Jean-Ro. Le commissaire Paulin voulut bien qu'il les rejoigne à l'Hôtel de Police. Le Juge d'instruction du Tribunal de Grande Instance de Bobigny voulait interroger Cécile.

- Ecoutez-moi bien, mademoiselle, ils n'ont absolument rien contre vous pour l'instant. Je vous en donne ma parole ! J'ai un ami là haut et je viens de lui parler au téléphone. Ils ont besoin d'un simple témoignage, capital pour retrouver votre ami Fabrice. Ils ont une piste sérieuse. Ils veulent que vous veniez sur place parce que vous le connaissez bien. Peut-être leur permettrez-vous de le capturer sans effusion de sang… Je ne sais pas, à ce stade, on doit tout envisager. Vous êtes bien d'accord avec moi qu'il faut en finir ? Vous ne souhaitez pas continuer à vivre ainsi dans l'incertitude ? Si vous voulez vraiment nous aider, il n'y a pas une minute à perdre. Ceci dit, vous pouvez demander à votre avocat de vous accompagner, mais vous n'êtes pas considérée comme témoin assisté. Si c'était le cas, ils seraient obligés de le convoquer.

Il eut un regard appuyé vers Jean-Ro comme pour lui demander de la convaincre.

- Mon avocat, je peux bien m'en passer.

- Si jamais les choses tournaient mal, ils l'appelleraient immédiatement pour éviter une nullité de procédure. Bon, le principe est que vous vous présentiez spontanément là bas. Ils vous attendent demain après midi. Vous comprenez bien que s'ils avaient quelque chose contre vous, on serait déjà sur l'autoroute avec deux motards ? Monsieur Cabanes peut vous accompagner, si vous voulez. Ou quelqu'un de votre famille. Je serais plus rassuré que vous ne partiez pas seule.

Cécile regarda Jean-Ro. Il se tourna vers le commissaire les sourcils froncés et lui adressa une moue interrogative.

- Et qu'est-ce que je ferai là bas ?

- C'est madame qu'ils convoquent. Pas vous. Compris ? Vous n'êtes même pas obligé de vous présenter au guichet ! Je vous demande simplement de l'accompagner, tous frais payés, voyage en première classe !

- Monsieur le commissaire, pourriez-vous expliquer tout cela par téléphone à son avocat et nous le passer après.

Ce qui fut fait. Le haut parleur branché. Au bout d'un moment, le commissaire tendit le combiné à Cécile.

- Madame Pingeot, il faut faire ce qu'ils nous demandent. Le commissaire vient de me lire la requête. Il s'agit simplement de confirmer la validité de certains indices qui devraient les mener au fugitif. Si l'on s'en tient à ce que vous avez déclaré depuis le début, il n'y a rien à craindre. S'ils remettent en cause quoi que ce soit, ils ne peuvent le faire en mon absence car nous sommes en cours d'instruction. On n'a pas le choix. Il faut leur faire confiance. Je ne crois pas qu'il y ait de piège. Maintenant, si vous n'avez pas la conscience tranquille, je vous attends immédiatement à mon cabinet !

Quel vieux connard ! Ils déjeunèrent dans un petit caboulot place de la Madeleine. Ils devaient retirer les billets de train et les documents à quatorze heures. Deux aller-et-retour et une chambre dans un trois étoiles. Même si on leur reprochait de ne pas avoir tout dit à la police, ça ne pouvait pas aller bien loin. La liste d'adresses ? Elle n'existait plus. Une déclaration de Pedro ? Comment savoir ? Dans la soirée, Cécile se rendit chez sa mère et Jean-Ro appela Denis pour annoncer leur arrivée.

- Mais ne te bile donc pas. Ils devraient te donner une médaille, oui ! D'après les journaux, l'interrogatoire de Pedro aurait permis d'établir certains éléments concordants selon lesquels le dénouement serait imminent. Je suppose que s'ils arrêtent Fabrice, ils auront besoin de Cécile pour préciser dans quelles circonstances le coup a été monté. Il est possible qu'ils vous demandent de rester plus longtemps. On vous attend chez les bridés s'ils ne vous mettent pas au cachot. Appelle-moi demain dès que vous en saurez un peu plus.

Cécile rentra tard. Sa mère voulait la garder à manger, inviter les Perez et l'adjoint au maire. Tout ce qui pouvait la faire flipper. En plus, elle aurait aimé l'accompagner à Paris à la place de Jean-Ro. Ce garçon n'était bon qu'à la mettre dans des situations impossibles. Elles se sont fâchées. Cécile est partie en claquant la porte.

Le trajet leur parut long. Ils étaient angoissés tous les deux. Jean-Ro cherchait une idée de voyage pour quand l'affaire serait terminée, mais l'inspiration ne venait pas. Le train arriva à l'heure.

Ils sortirent de la station Pablo Picasso en tirant une petite valise à roulettes et suivirent le parcours fléché sur le trottoir. Une pluie fine les enveloppait. Le bâtiment moderne longeait l'autoroute. On aurait dit un blockhaus. On prit leurs papiers à l'accueil et ils attendirent une heure assis sur des tabourets design avec une barre dans les reins, sous une affreuse plante verte en plastique.

Le Suppléant

Chapitre 13

Le Juge d'instruction Tournier arriva en coup
de vent alors qu'ils somnolaient dos à dos. Il se
fendit d'un sourire crispé et leur demanda de se
lever en faisant des moulinets avec les bras.

- Madame Cécile Pingeot ? Ravi de faire votre
connaissance. Ah, Monsieur Cabanes. C'est très
gentil d'être venu. Voila ! Si vous voulez bien me
suivre, nous montons au cinquième étage.
Pendant que je discuterai avec madame, vous
attendrez là haut sur un fauteuil plus confortable,
n'est-ce pas ?

Ils prirent l'ascenseur à l'autre bout du hall.

- Nous allons résoudre cette affaire. Vous en avez
déjà fait beaucoup, n'est-ce pas ? Les enquêteurs
n'aiment pas beaucoup que des citoyens lambda
se glissent entre leurs pattes. Vous vous en êtes
rendu compte à vos dépens, n'est-ce pas ?

Il tapotait l'épaule de Cécile. Une fois en haut, ils
s'engagèrent dans un couloir embarrassé de piles

de dossiers posés par terre, franchirent plusieurs portes, déposèrent Jean-Ro dans un réduit meublé de deux chauffeuses éventrées et pénétrèrent finalement dans le bureau du Juge.

- Voila ! C'est ici que nous tirons des plans sur la comète pour juguler la grande criminalité. Vous connaissez déjà ces deux messieurs de la brigade de recherche qui vous ont interrogée à Béziers, n'est-ce pas ? Asseyez vous, je vous prie, madame Pingeot. Maintenant que nous tenons monsieur Guttierez, nous avons les idées plus claires et pouvons nous consacrer entièrement à la recherche de votre ami. On peut l'appeler ainsi, n'est-ce pas ? Voila ! Il est plus facile de localiser un vrai truand qu'un délinquant occasionnel. Nous sommes moins rodés à ce genre d'exercice. C'est pourquoi nous aimerions parler un peu de lui avec vous. Détendez vous, nous avons tout notre temps. Ce n'est pas un interrogatoire, je sais que vous êtes déjà passée par là, n'est-ce pas. Dites nous vos joies et vos peines. Tout ce qui vous vient à l'esprit sur ses habitudes, sa façon de penser et son comportement. Faites-nous part de la moindre anecdote qui nous permette de mieux le connaitre.

Cécile livra progressivement tout ce qu'elle avait sur le cœur. Les policiers l'encourageaient, la consolaient. Le Juge écouta jusqu'à ce que la conversation commence à tourner en rond. Alors il leva l'index de la main droite. Les trois hommes se levèrent et se rendirent dans la pièce à coté. A leur retour, le Juge posa un petit sac en plastique sur son bureau.

- Ces messieurs se font maintenant une bien meilleure idée de votre ami, Madame Pingeot. Vous avez été formidable ! Ils ont aussi passé beaucoup de temps à interroger monsieur Guttierez à propos de Fabrice, bien qu'il nie avoir commis ce crime avec lui. Nous sommes peut-être à deux doigts de la vérité. Voila ! Il y a cette première pièce à conviction.

Il décacheta l'emballage et sortit une clé.

- On vous a montré brièvement une photo de cette clé lors de votre garde à vue. Pedro dit que ce n'est pas lui qui l'a laissée à Joigny. On a pourtant relevé dessus des fragments d'empreintes qui pourraient être les siennes. On a aussi imaginé que l'un d'entre vous a pu la laisser tomber. Vous vous rendez compte combien cette rencontre invraisemblable à Joigny vous rend tous suspects et comme cela brouille les pistes. Pedro s'en joue allègrement, mais nous avons l'intention de l'exploiter contre lui.

- Monsieur le Juge, je peux la voir de plus près ?

Il la posa sous son nez. Elle l'observa, fouilla dans son sac et mit la sienne à coté. Les trois hommes rugirent comme des fauves.

- Mais bon sang, vous avez attendu tout ce temps pour nous montrer ça ?

- Je vous jure que je ne l'avais pas reconnue. Regardez, elle n'est pas du tout pareil, le bout est jaune ! Fabrice a un double de la clé de mon appartement depuis trois ans.

- Vous voulez dire que c'est la clé de Fabrice ?

- Hé bien oui, forcément ! Il n'y a que ma mère qui en a une autre.

- Donc Fabrice l'aurait donnée à Pedro ?

- Faut croire.

- Ou bien Pedro la lui a empruntée. Mais je ne crois pas qu'il avait l'intention de se rendre chez vous.

Un des policiers tira la manche du juge. Les trois hommes sortirent à nouveau. Le deuxième policier revint tout de suite et resta avec Cécile. Il lui dit de ne pas s'inquiéter, que ses collègues allaient chercher son petit ami.

Le juge avait la main posée sur l'épaule de Jean-Ro, comme pour exprimer son affection. Mais il semblait jubiler intérieurement.

- Ecoutez, mademoiselle, pour l'instant, nous en avons fini avec cette clé. Il se pourrait bien que Pedro l'ait oubliée à Joigny. Tout comme son révolver qu'il n'a pas essayé de récupérer. Nous aimerions vous montrer autre chose. Voila ! On va y aller ensemble.

Ils descendirent tous les cinq dans le parking souterrain et attendirent qu'on vienne les chercher. Ces messieurs se faisaient de petits apartés sans leur adresser la parole. Cécile et Jean-Ro n'osaient rien dire. Ils n'en menaient pas large. Tout le monde embarqua dans deux voitures de police. Cécile et Jean-Ro furent séparés. Ils roulèrent un moment à travers la banlieue.

- Ne vous inquiétez pas, nous nous rendons au laboratoire de la police scientifique. Ensuite nous vous ramènerons à Bobigny.

Ils s'arrêtèrent dans un parking grillagé et montèrent à l'étage d'une espèce de bâtiment préfabriqué. Une vraie ruche, là dedans, pleine de flics en blouse blanche. On les fit asseoir dans une petite salle de réunion avec le Juge. Les flics réapparurent avec un troisième homme qui portait une mallette en aluminium. Un des inspecteurs prit la parole.

- Je vous explique les choses. Nous ne pensions pas au début vous faire venir ici avec votre ami, mais nous devons absolument vérifier quelque chose.

L'homme en blouse blanche ouvrit la mallette. Il en sortit des objets tordus et noircis, enveloppés dans des sacs en plastique.

- Tout ceci a été retrouvé dans la voiture qui a servi à l'attaque de Villetaneuse et qui a été incendiée dans la forêt de Sénart. Certains de ces objets sont peut-être en rapport avec Fabrice Charrier. Nous voudrions nous en assurer avec vous.

Il y avait une gourmette, une chevalière, une boucle de ceinturon, deux boutons de blouson, un bout de fermeture éclair, un genre de porte-clés dont le plastique avait fondu et quelques morceaux de tissus calcinés. On ne devait pas les sortir de leurs emballages mais le gars les étala devant Cécile. Elle les regarda avec de plus en plus de fascination.

- Vous reconnaissez quelque chose ?

Cécile frôlait du doigt les films plastique et demandait qu'on retourne les paquets.

- Je crois, ho oui, je crois bien. Ces deux trucs là, je ne sais pas, mais la bague, mon dieu... Comment l'avez-vous eue ?

- Elle était dans la voiture.

- Mais...

- Est-ce que TOUS ces objets pourraient appartenir à votre ami Fabrice ?

- Oui, peut-être bien.

- Il avait une gourmette avec rien d'écrit dessus, n'est-ce pas ?

- Oui, c'est possible...

Le juge tendit vers Cécile ses mains posées à plat sur la table et la regarda intensément.

- Voila, madame Pingeot, je vous demande de m'écouter attentivement : Nous avons retrouvé tous ces objets sur le mort.

- Ah ?

- Vous comprenez ?

- Heu... vous voulez dire le macchabée dans la voiture ?

- Je suis désolé, n'est-ce pas, madame. C'est probablement votre ami Fabrice que nous avons retrouvé carbonisé dans la voiture.

- Mais non ! Comment ça ? Et l'otage, alors ?

- Il semblerait que l'otage se soit volatilisé. Peut-être par crainte de représailles au cas où il devrait témoigner. On va immédiatement procéder à une analyse génétique, mais avec ce que vous venez de nous dire, n'est-ce pas... Pedro devra nous expliquer comment cela est arrivé. Nous avons déjà notre petite idée.

Chapitre 14

Josiane avait mis en place une véritable cellule psychologique dans leur appartement place d'Italie, avec des fleurs et des bougies sur tous les meubles. Elle imagina cette mise en scène dès que Jean-Ro leur révéla la mort de Fabrice dans l'après midi. Cécile en fut très touchée. Elle pleura longuement dans les bras de Josiane. Après cette découverte inattendue, les flics les avaient encore gardés pour procéder à des formalités administratives. Cécile ne tenait plus sur ses guibolles.

- Tu sais, c'est un coup terrible. Après toutes ces semaines à l'attendre, notre folle expédition et mes deux semaines en prison, quand j'ai compris que c'était fini, je me suis vraiment écroulée. En plus, je m'en voudrais toujours d'avoir dit du mal de Fabrice alors qu'il était déjà mort.

- Mais bien sûr. D'un autre côté, il ne te donnait plus de nouvelles depuis un certain temps.

- C'était pour ne pas m'attirer d'ennuis ! Il m'aimait beaucoup, tu sais. Jamais il ne m'aurait mêlé à ses combines. Il savait que je n'étais pas d'accord.

- Oui, ça l'arrangeait bien. Et s'il avait eu tout ce pognon, crois-tu qu'il t'en aurait fait profiter ?

Cécile pleura de plus belle.

- Il m'aurait fait de beaux cadeaux. Il aurait été si fier. Il se serait bien gardé de me dire d'où venait l'argent.

- Cécile, tu es si romantique ! Je ne voudrais pas te faire de peine, mais je crois que s'il avait gagné le jackpot, tu ne l'aurais pas revu de sitôt… Oh, pardon, ma chérie, mais tu ferais mieux de voir la réalité en face.

Cécile lui lançait un regard noir, ses petits poings serrés contre la poitrine. Comme elle était à court d'argument, elle se laissa choir sur le pouf, complètement désespérée.

- Le pire dans tout ça, c'est que j'ai été malhonnête envers Jean-Ro. Je l'ai enquiquiné pour qu'il m'aide à retrouver Fabrice et maintenant il se sent responsable de ma déprime. Il n'a qu'une envie, c'est de se détourner de moi.

- Mais non, voyons, ma chérie…

Josiane rit dans sa barbe quand elle vit dans le miroir du vestibule Denis et Jean-Ro arriver en laissant la porte d'entrée grande ouverte. Ils étaient partis chercher du pinard chez le libanais mais Jean-Ro brandissait un énorme bouquet de roses. Il s'agenouilla devant Cécile et lui tendit tendrement. Elle était toujours en larmes, mais cette fois, c'était de joie. Pour ne pas être en reste, Denis offrit aussi un petit bouquet de violettes à Josiane. Il la salua en faisant virevolter une cape de derviche tourneur imaginaire. Ils rirent de bon cœur et s'embrassèrent.

Le vidéophone brouta et Josiane appuya sur la touche avant de retourner le gigot d'agneau. La porte était restée ouverte. Chloé et Antoine s'introduisirent sans crier gare. Antoine portait une perruque aux cheveux longs de beatnik et un béret basque de paysan aveyronnais. Il avait dans les mains son vieux missel trotskyste. Chloé était aussi déguisée en hippie et déambulait en faisant des yeux de merlan frit comme une camée… Denis s'empressa de glisser dans son lecteur un vieux CD des cœurs de l'armée rouge. Jean-Ro, par mesure de rétorsion, miaula le brouillage allemand de Radio Londres. Ils avaient grand besoin de se défouler pour conjurer le mauvais sort. Champagne pour tout le monde !

Au dessert, Antoine se prosterna devant la table du salon, approcha les bougies de son vieux grimoire et récita sa prière marxiste :

- "Nous ne savons ni le jour ni l'heure ; et chaque jour, chaque heure, chaque minute qui nous sépare du jour décisif, il est de notre devoir de l'utiliser. Nous devons nous livrer à l'autocritique, nous préparer politiquement pour que notre participation aux événements décisifs qui approchent soit digne de la grande classe à laquelle nous avons lié notre destin révolutionnaire : la classe profiterollienne…"

Ainsi célébraient-ils leurs retrouvailles autour d'un beau gâteau. Ce retour vers le passé se soldait par la mort d'un camarade. L'heure n'était pas encore venue de pardonner au meurtrier, mais peut-être se retrouveraient-ils un jour avec Pedro pour accepter son acte de contrition. Dans une ultime incantation, ils lui accordèrent toute leur miséricorde.

Quelques mois après l'enterrement de Fabrice au cimetière de Corneilhan, les angoisses de Cécile se dissipèrent. Il avait fallu attendre plusieurs semaines les résultats de l'analyse génétique confirmant l'identité du mort. Elle s'attendait toujours à le voir débarquer à l'improviste, selon sa bonne vieille habitude. Il frappait doucement à la porte et introduisait sa clé à bout jaune dans la serrure. Dans son sommeil, Cécile se repassait toutes sortes de scenarios parallèles : Au petit matin blême, Fabrice enterrait les lingots d'or dans la forêt de

Sénart pendant que Pedro logeait une balle dans la tête de l'otage. Ce n'était jamais qu'un vieux clochard en fin de vie qu'ils avaient déguisé avec les frusques de Fabrice. La chinoise de Vuitton tendait à Cécile, de la part de Fabrice, s'il vous plait madame, une enveloppe remplie de billets de cinq cent pendant que les roumains chargeaient l'or dans la 4x4 noire à destination de l'Afrique.

Mais la réalité était moins rose. Pedro finit par l'admettre devant le Juge Tournier. Tout en niant sa responsabilité dans la mort de Fabrice. Il fallait bien que deux vérités s'affrontent.

- C'est pour cela que les tribunaux existent, n'est-ce pas ?

En tout cas, on n'a jamais réussi à récupérer tous les billets ni à retrouver l'otage. Et c'est bien cela qui contrariait le Juge, parce qu'une grande partie sa théorie reposait sur lui.

- Voila ! Vous avez bondi de nulle part quand les portes du fourgon blindé se sont ouvertes devant la Société Générale de Villetaneuse. Charrier s'est emparé d'un sac le temps que les convoyeurs de fonds reprennent leurs esprits. Il s'est carapaté tout de suite quand il a vu les mitraillettes. Tu as pointé ton arme sur un passant pour ne pas vous faire canarder. Charrier était déjà au volant prêt à démarrer quand tu es monté à l'arrière de la voiture avec l'otage. Jusqu'ici, tu es d'accord ?

- Evidemment ! Il y a plein de témoins.

- Vous avez fait un bout de chemin ensemble mais l'otage t'a vite donné du fil à retordre alors tu l'as éliminé.

- Non, je vous dis qu'on l'a relâché.

- Arrivés en forêt de Sénart, vous avez enterré le corps. Charrier a perdu les pédales en réalisant ce que vous veniez de faire et dans la dispute, le coup est parti. Voila ! Tu as fait disparaitre ton arme et tu es reparti avec celle de ton complice que nous avons retrouvée à Joigny. Tu n'as pas essayé de la récupérer, quand monsieur Janin te l'a confisquée, tu as même laissé tomber la clé de ton collègue derrière le canapé. Tu voulais faire croire qu'il était toujours vivant, au cas où nous en douterions. Tu ne pensais pas que ces branquignols avoueraient t'avoir caché tout un week-end, n'est-ce pas ?

- Oui, mais je n'ai tué personne !

- Alors, c'est le pape.

- Vous ne croyez pas si bien dire. Vous vous doutez bien que ce n'est pas moi qui ai monté le coup et je ne risque pas de vous dire qui c'est.

- Ton oncle Luis ?

- Ha, ha, ha ! C'est une bonne poire, celui-là !

- N'empêche qu'il vous a bien aidés dans votre cavale.

- Non. Mon cousin nous a aidés, c'est tout. Donc, nous avons relâché l'otage au plus vite et dans la panique, j'ai demandé à mon cousin de nous cacher. Il m'a donné l'adresse des frères Oussif à Gennevilliers. Ils ne nous ont pas gardés plus de deux heures. L'affaire passait déjà à la radio. J'ai téléphoné depuis une cabine à notre commanditaire. Il était furieux et a voulu que Fabrice vienne seul avec le sac au rendez-vous dans la forêt de Sénart. Après, on n'avait plus qu'à se débrouiller par nos propres moyens parce qu'on n'était qu'une bande de nazes. On a décidé de se retrouver dans la maison de campagne de son copain à Joigny. Il est reparti tout de suite et moi j'ai attendu mon cousin pour qu'il m'emmène. Comme il emportait le pognon, Fabrice a mis des biffetons dans une pochette qu'il avait toujours autour du cou et me l'a donnée. C'est là que j'ai trouvé sa clé. Quand j'ai appris que j'étais identifié et qu'on avait retrouvé la voiture avec un otage calciné dedans, j'ai tout de suite compris la musique.

Cécile commença avec quelques jours de retard son nouveau boulot au cabinet médical de Marie Pierre. Elles échangeaient leurs secrets d'alcôve pendant les poses café. Pour résumer, les couples se maintiennent grâce à des compromis qui reposent sur des malentendus. Tout l'art consiste à tirer son épingle du jeu de manière à ce que chacun y trouve son compte. Cécile et Jean-Ro n'échappaient à la règle. Ils firent d'ailleurs peu à peu pot commun.

Pour le dimanche de Pâques, Madame Pingeot organisa sous la véranda un grand banquet. Elle invitait Jean-Ro pour la première fois. Ça sentait le guet-apens à plein nez. Il y avait les frères et les sœurs, les oncles, les tantes et les cousins. Marie Pierre et sa petite amie Judith, les Perez, Aurélie, et même le grand José avec son père. Cécile faisait des mystères depuis quelque temps mais elle voulait marquer le coup. Elle portait une belle robe et des fleurs dans les cheveux. L'ambiance était très chaleureuse. Jean-Ro et Cécile étaient placé de chaque coté de sa mère. Elle n'arrêtait pas de le complimenter et de lui servir les meilleurs morceaux. Les oncles se marraient au bout de la table et lui envoyaient des clins d'œil salaces. Au moment du dessert, Cécile demanda à Jean-Ro de se lever et fit le silence autour de la table.

- J'ai quelque chose à vous annoncer ! Vous savez que je vis avec Jean-Ro depuis quelque temps déjà.

Elle lui tira la manche par derrière et brandit leurs mains jointes au dessus de la tête de Madame Pingeot. Puis elle baissa les yeux et reprit :

- J'ai un peu de mal à vous le dire parce que Jean-Ro n'est pas encore au courant.

Elle l'attira de son coté et passa un bras autour de ses épaules. Jean-Ro était inquiet mais déjà consentant.

- Voilà, Jean-Ro : J'attends un enfant !

Tout le monde applaudit, il la serra très fort et l'embrassa sous un concert de sifflets retentissant. Jean-Ro se pencha sur sa chaise et fouilla dans la poche de son veston. Il n'avait pas prévu de bague de fiançailles, mais brandit deux billets d'avion pour le Kenya.

- C'est où, ça ?

- …en Afrique !

~∞~

© 2019, Bougeault, François
Edition : Books on Demand,
12/14 rond-Point des Champs-Elysées, 75008 Paris
Impression : BoD - Books on Demand, Norderstedt, Allemagne
ISBN : 9782322121700
Dépôt légal : août 2019